詩の森文庫

詩とはなにか
世界を凍らせる言葉

吉本隆明
Yoshimoto Takaaki

JN263926

C06

思潮社

詩とはなにか

目次

詩とはなにか——世界を凍らせる言葉

詩とはなにか

1

わたしのように、かきたいことをかく、といった無自覚な詩作者のばあい、詩の体験はいつもさめたあとの夢ににている。そのあとに意識的な光をあてておぼろ気な筋骨のようなものをとりだすことはできる。だが、詩的体験からひとつのさめきった理論をみちびきだすことは、とうていおぼつかないのである。いまわたしは詩についてある転換のとば口にたっている。予想もしていなかったことだが、自覚的な詩作へというかんがえがときどきこころをかすめてゆく。詩作の過程に根拠をあたえなければ、にっちもさっちもいかない時期にきたらしいのである。そのためかどうか、ここ二年ほど、あたらしく詩をかく機会は数えるほどしかなかった。

その間、雑事が多くなったとか、生活に追われたとか、政治づいたとか、いろいろ理由をかんがえてみても、それだけでは詩作がすくなくなった事実をおおいつくせない。過去にもそんなことがあった。その時は、経済学書や政治学書や哲学書をメモをとりながら読んでいるうちに、一、二年するとまた、いつか詩がかけるようになった。ここ一、二年の時期には思想的な評論や雑文をかいてきた。政治づいていくらか飛沫もあびた。この間、言語の芸術としての文学という課題の基礎的な理論について文献をあさり、ノートをとってきた。政治的な泥は、やがて政治的に対立者たちに酬いればたりる。だが詩の問題はけっきょくじぶんに飛沫がかえってくる。できるかぎりいままでの詩的体験を解剖し、補うべきものは他によって補いながらふたたび詩をかくための意識的な根拠をあたえなければならない。

一九五二年頃「廃人の歌」という詩のなかで「ぼくが真実を口にすると　ほとんど全世界を凍らせるだらうといふ妄想によつて　ぼくは廃人であるさうだ」という一節をかいたことがある。この妄想は、十六、七歳ころ幼ない感傷の詩をかきはじめたときから、実生活のうえでは、いつも明滅していた。その後、生活や思想の体験をいくらか積んだあとでも、この妄想は確証をますばかりであった。

すくなくとも、『転位のための十篇』以後の詩作を支配したのは、この妄想である。わたしがほんとのことを口にしたら、かれの貌も社会の道徳もどんな政治イデオロギイもその瞬間に凍った表情にかわり、とたんに社会は対立や差別のないある単色の壁に変身するにちがいない。詩は必要だ、詩にほんとうのことをかいたとて、世界は凍りはしないし、あるときは気づきさえしないが、しかしわたしはたしかにほんとのことを口にしたのだといえるから。そのとき、わたしのこころが詩によって充たされることはうたがいない。

年少のころ、日常いつもつきあたったのは、慣習的な精神への苦痛だった。たとえば、きみたちは素直で健全でなければならないなどと教師が説教したとすると、おおうそだとおもってたいてい馬鹿にした。また、そんな同年輩の少年にあしらうような感じをもった。いまはべつだが年少のころは、こういうのは精神を習慣に服従させた結果だとかんがえていた。たとえ、本人がどうであろうと、素直さとか明るさとかいうものは、この社会では、誰か他人（おおくは肉親）の手によって小環境が守護されてきたことを意味している。かれはのほほん顔の王様にすぎないが、かれを王様に育てた人物たちは、この社会からの疎外の波をアトラスのように支えたはずだ。こういうことが判りかけたのは、いくらか後になってからである。

しかし、慣習的な精神への苦痛や侮蔑は、実生活では解消することはできなかった。まず世間は、あらかた素直で健全な精神に荷担するし、明るく素直な少年は、濶歩した。わたしは職業軍人になろうと思ったことはなかったが、こういう同年輩の少年は、わたしの環境ではおおく職業軍人のような社会肯定的な方向へむかったようにおもう。わたしは羨望を感じ、孤独でありながら、その方向へ行けなかったというのが妥当なところである。だから、戦後になっても、戦争で死んだ同年輩に対する非難に、じぶんの異和を申し述べて同調するよりも、かれらの死を擁護した。

戦後、時代はかわり社会は一変したかにみえたが、ただひとつかわらないことは、素直で健全な精神は、社会を占有し、そうでないものは傍派をつくるという点である。これは、イデオロギイによって左右されない。たとえば、じぶんで、コミュニストとかマルクス主義者とか云っている連中を泣きおとすのは、簡単である。プロレタリアのためとか、前衛党のためとかもちだされて、まともに振舞える人物に、わたしは、ほとんど出遇ったことがない。また、革命的な立場にあるものを批判することは、支配者に荷担するものだという論理が擬装された信仰にすぎないことを看破できる革命的なインテリゲンチャに出遇ったことはない。

戦後でも、ほんとのことを口に出したら世界が凍ってしまうという妄想は、ますます強固になった。ただ、習得したのは迂路をめぐる方法であって、この点では少年時代から一向に進歩したとはおもわない。おそらく、「ほんとのこと」を口にできる社会や時代は、現在のところただ指向しうるだけである。わたしにとって、詩にほんとのことを吐き出すというのは現実上の抑圧を、詩をかくことで観念的に一時的に解消することを意味しているようである。

現実の社会では、ほんとのことは流通しないという妄想は、あるひとつの思想の端緒である。それとともに、詩のなかに現実ではいえないほんとのことを吐き出すことによって、抑圧を解消させるというかんがえは、詩の本質についてある端緒をなしている。抑圧は社会がつくるので、吐き出しても、またほんとのことを吐き出したい意識は再生産される。だから詩は永続する性質をもっている。ここ一、二年詩をかくことが途絶えがちだったとき、わたしは、批評文によってできるかぎりほんとのことを吐き出してきたといえる。しかし、詩がえらばれないで、たしかに批評文がえらばれた。このばあいでも、現代の日本の文学界では、批評文ではあぶく銭が手にはいるが、詩では銭がはいらぬ……等々のような卑近な理由があるのを否定しようとおもわない。しかし、それだけの問題ではない。わたしにほんとのことを吐き出したい気持が薄れたなどということもまずありえない。ここで辛うじていえることは、詩の場合には、ほんとのことはこころのなかにあるような気がし、批評文の場合にはある事実（現実の事実であれ、思想上の事実であれ）に伴ったこころにあるような気がすることである。だから、詩作が途絶えがちであった時期、わたしは内発的なこころよりも、事実に反応するこころから、ほんとのことを吐き出してきたということはできる。

詩とはなにか。それは、現実の社会で口に出せば全世界を凍らせるかもしれないほんとのことを、かくという行為で口に出すことである。こう答えれば、すくなくともわたしの詩の体験にとっては充分である。しかし、これは、百人の詩作者にきいて、百通りの答えがでるなかのひとつの答えにしかすぎない。以前なら、このほかに必要なしとかんがえ、判断をとめたにちがいないが、いまわたしには詩にたいしていくらか余裕をおいた好奇心がある。他の詩人や批評家や哲学者たちが、詩について何といっているか、たずねてみたい。ちがった答えにぶつかるのはじゅうぶん承知のうえである。

萩原朔太郎は『詩の原理』（新潮文庫）のなかでこうかいている。

夢とは何だらうか？　夢とは「現在《ザイン》しないもの」へのあこがれであり、理智の因果によつて法則されない、自由な世界への飛翔である。故に夢の世界は悟性の先験的範疇に属してないで、それとはちがつた自由の理法、即ち「感性の意味」に属している。そして詩が本質する精神は、この感情の意味によつて訴えられたる、現在《ザイン》しないものへの憧憬である。

されば此処に至って、始めて詩の何物たるかが分明して来た。詩とは何ぞや？　詩とは実に主観的態度によって認識されたる、宇宙の一切の存在である。もし生活にイデヤを有し、かつ感情に於て世界を見れば、何物にもあれ、詩を感じさせない対象は一もない。逆にまた、かかる主観的精神に触れてくるすべてのものは、何物にもあれ、それ自体に於ての詩である。

朔太郎の原論で、「そして詩が本質する精神は、この感情の意味によって訴えられたる、現在しないものへの憧憬である」という個処は、あきらかにわたしの詩の動機と接触する。「現在しないものへの憧憬」というものを、「現在しえないものへの憧憬」とでもいい直せば、一致さえするようにみえる。朔太郎が「現在しないものへの憧憬」というとき、わたしたちはふたつの意味をうけとる。ひとつは、絶望した生活者としての『氷島』の詩人の思想であり、もうひとつは、詩をかくというこころの状態において、たれもが感ずる現実との隔離感を、朔太郎もまた指しているのではないか、ということである。前者は、いわば詩人論の課題であるが、後者は詩論の課題としてここで近づこうとしている問題にぞくしている。この問題をもっとはっきりさせてゆかなければならない。

中村光夫は『小説入門』（新潮文庫）のなかでつぎのようにかいている。

詩の場合は作者の思想や感情は言葉によって直接に表現されます。詩の本質は歌であるとはよくいわれることであり、また結局において、正しい定義のように思われますが、歌は言葉であるとともに言葉以前の肉声――または叫び声――です、僕等の感動のもっとも直接な表現です。

詩はこの肉声に言葉をできるだけ近づける性格を持ち、そのために言語をその日常性社会性からできるだけ解放することを目指します。

ここでは、詩の本質が歌であり、歌は言葉以前の肉声――または叫び声であるという個処に着目したい。ほんとのことを口に出せば世界は凍ってしまうならば、それができない社会では、絶えず、ワァッとかウオウとかいう叫びをこころに禁圧しているとも考えられるからである。日常の会話でも対者から言葉をおさえられたとき、意識は言葉にならない叫びのようなものを呑みこむ。そして破瓜症の状態は、あたかも禁圧が叫びから言葉にまで及んだことにていいて、たえず何ごとかが口からつぶやかれるのである。ヴァレリイが『文学論』（堀口大学訳）のなかで「詩は、節調ある言語によって、叫び、涙、愛撫、接吻、歎息等が暗々裡に表現しようとし、また物体がその外見上の生命或いは仮想された意志によって表現したいと思っているらしい、それらのもの、或いはそのものを表現しまたは再現しようとするの試みである。」とのべているのは、中村光夫とほぼひとしい地点にたっている。言語のまえに有節音声があり、そのまえにはワァッとかウオウとかいう叫びがあったとすれば、そしていまもなお叫び声が人間と現実との関係に介在するとすれば、詩をこれに結びつけるのは、ひとつの見解たるを失わないのである。

マルティン・ハイデッガーは『ヘルダーリンと詩の本質』（斎藤信治訳、理想出版部）のなかでつぎのようにいう。

人間の現存在はその根底に於て「詩人的」である。ところで詩とは我々の理解するところによれば神々並に事物の本質に建設的に名を賦与することである。詩人として住むとは神々の現在のうちに立ち事物の本質の近みによって迫られることである。現存在がその根底に於て「詩人的」であるとは、それは同時に現存在が建設せられたもの（根拠づけられたもの）として何らのいさをしではなく賜物であるの謂である。

詩は現存在に随伴する単なる装飾ではなく、またその場限りの感激でも況んやただの熱中でも娯楽でもない。詩は歴史を担う根拠でありそれ故にまた単なる文化現象とかましてや「文化精神」の単なる「表現」などではない。

現存在が詩人的であるとは、いさをしではなく賜物だ、という言葉や詩は歴史を担う根拠だという言葉はわたしの気に入る。これを、やさしく翻訳すれば、現存する社会に、詩人として、いいかえれば言うべきほんとのことをもって生きるということは、本質的にいえば個々の詩人の恣意ではなく、人間の社会における存在の仕方の本質に由来するものだ、ということになる。これを、わたしのかんがえにひきよせて云いかえれば、わたしたちが現実の社会で、口に出せば全世界が凍ってしまうだろうほんとのことを持つ根拠は、人間の歴史とともに根ぶかい理由をもつものだ、ということに帰する。

いま脈絡のない三人の詩人、批評家、哲学者は、たいへんちがったことを詩についていっているのか、またはあまり類似したことをのべているのか。わたしには、すくなくとも眼の前の一本の花を、あるものは夢みたいにきれいだといい、あるものはただ白いとか紅いとかいい、あるものは花のなかに芯があるといっているようにみえる。これは、かれが保守的か、進歩的か、レアリストであるか、シュルレアリストであるかにかかわらない。たしかに詩そのものを指しているのだが立っている場所がちがい関心の在りどころがちがっているため、視ている部分がちがうというにすぎない。

いまこれらのちがった詩観に脈絡をつけてみた。詩の本質はまったくちがった部分に脈絡をつけることができる場所からしか視えないし、その場所に立つとき本質に立つということができる。この場所が何であるかをいまいう必要はあるまい。しだいに明らかにできるはずである。

引用した詩人、批評家、哲学者たちは詩とは何かを、あたかも眼前の一本の花のように視ているという点で、部分しか視えない場所に立っている。詩はたしかに一本の花とおなじで、朔太郎の詩、ヘルダーリンの詩というようにわたしたちの意識の外に独立してあるのだが、一本の花とちがってわたしたちの意識の外化されたものとしてあるのである。その意味では詩とは何かと問うとき必然的にある場所にいるのだが、このことは文学の党派性などという架空のものと似ても似つかないのである。

わたしはなぜ、じぶんがほんとのことを口に出せば、世界を凍らせるかもしれないという妄想をもったのだろうか。おそらく、年少の頃ある日ほんとのことを口に出したのだ。いや、ほんとのことと幻想したことを喋言ったのであってもよい。そのとき、対者であるAはじっさいに凍ったような表情をした。また、ある歳のある時、Bにほんとのことを言い、対者BはAとおなじ表情をした。C、D……もまた同様であった。わたしのまわりの小社会は、ほんとのことを口に出すとすべて凍った表情にかわった。もはや大社会でも事情はまったくおなじであることを合点せざるをえない。ここで、ほんとのことを口に出すと小社会は住みにくくなった。住みにくさを免れるには、ほんとのことをこころに禁圧しておくのがいちばんよい。時がくれば、ほんとのことを口に出したい欲求さえが消滅してしまうにちがいないから。しかし、どうしたことかほんとのことを口に出したい欲求は、なくならないばかりかますます強固になったのである。

何をさしておまえは「ほんとのこと」といっているのか？　こういう自問が当然おこってくるが、直接には答えようがない。ただ、わたしのいう「ほんとのこと」を口に出したいとかんがえるとき、じぶんをこの社会のあらゆる関係の外においているらしいのである。すくなくともその瞬間だけはわたしはじぶんをこの社会の局外に立たせているのだ。それはじっさいには不可能なひとつの幻想的態度である。したがって、おそらくは「ほんとのこと」を口に出したいわたしの欲求もまた、この社会の慣習の淘汰によっては消滅しないのである。

じっさい的な態度としては、わたし自身もまた「ほんとのこと」を他から口に出されると表情を凍らせるひとりの存在にすぎないと見るべきだ。この幻想的態度とじっさい的態度のあいだが、現実社会からわたしたちが何かをつかみだす場所である。いや、「ほんとのこと」というのは性格に由来する妄想にすぎない、といえるかもしれないが、わたしの性格はあたうかぎりさかのぼって、その場所からわたしがつかみだしたものであるし、さらにさかのぼれば、父母やその父母やらの環境のなかからつかみだされた遺伝にほかならないともいえる。

わたしが、「ほんとのこと」を妄想として意識に固定させるのは、わたしの自発的なこころの働きである。まして詩にかこうとするのは、わたしの自発的な意識を、かくという行為によって外化することにほかならない。しかし、ほんとうのことを口に出せば、世界は凍ってしまうという妄想をわたしがもつことと、その妄想を詩にかくことでその都度消滅させることはじつは別のもんだいである。そして詩の本質は、詩をかくということ、またはかかれた詩のなかにあり、どんな心の状態をなぜかくかということは、その背後からきて前面にあらわれる何ものかである。詩をかかない多くのひとびとは、ほんとのことを口に出せば、この世界は凍ってしまうという妄想を、それぞれの仕方で実生活のうえで処理している。かならずしも妄想はわたしに固有なものでも、詩をかくものに固有なものでもないのである。

しかし、たとえば朔太郎もハイデッガーも詩人がそれぞれの仕方で現実から禁圧されていることと、詩をかくこととまたはかかれた詩とを一元的にむすびつけている。朔太郎では詩は現在しないものへの憧れであり、ハイデッガーでは歴史を担う根拠である。これは、詩をかくということを主体的にうけとめるかぎりやむをえない。だれでも、詩をかく瞬間にはじぶんの妄想とかくことを一元的に結びつけているのであり、それをべつべつなものとみるのは反省的な意識がはたらいてから後である。わたしたちはこういう端緒をめぐる問題から、しだいに詩の実情況へはいっていき、その過程で、いく度も、詩の本質とは何かへ立ちかえり、はっきりした仕方で詩の全体へ接近しなければならない。

2

現在の必要から詩の本質をたずねるには、発生の極小条件をみるのが有利である。さいわい、わたしたちは、詩の発生の研究について、国文学者、折口信夫のすぐれた仕事をもっている。この驚歎すべき研究は、学者たちのスコラ的な取扱いにゆだねておくにはあまりに惜しい気がする。ただ、鏡さえ用意すれば成果は生き生きと現代の詩によみがえってくるのだ、とおもわれるからである。できるかぎりここから汲みあげてみたい。折口信夫は、「国文学の発生（第一稿）」（全集第一巻）で、叙事詩の起源についてつぎのようにかいている。

一人称式に発想する叙事詩は、神の独り言である。神、人に憑《カヽ》つて、自身の来歴を述べ、種族の歴史・土地の由緒などを陳べる。皆、巫覡の恍惚時の空想には過ぎない。併し、種族の意向の上に立つての空想である。而も種族の記憶の下積みが、突然復活する事もあつた事は、勿論である。其等の「本縁」を語る文章は、勿論巫覡の口を衝いて出る口語文である。さうして其口は十分な律文要素が加つて居た。全体、狂乱時・変態時の心理の表現は、左右相称を保ちながら進む、生活の根本拍子が急迫するからの、律動なのである。神憑りの際の動作を、正気で居ても繰り返す所から、舞踊は生れて来る。此際、神の物語る話は、日常の話とは、様子の変つたものである。神自身から見た一元描写であるから、不自然でも不完全でもあるが、とにかくに発想は一人称に依る様になる。

文学の信仰起源説をもっとも頑なに固執するのは、じぶんだとのべている折口学説の特長は叙事詩の発生についても典型的にあらわれている。わたしは、国文学者でもなければ、古代文学に堪能なわけでもないから、学問的な批判や実証の正否をあげつらうつもりはないし、またそういう読み方をしようともおもわない。だが、折口信夫の業績を評価するのにわたしなりの根拠をもたないわけではない。綿密な探索と一貫した判断力が結びついて独特な文体をなして動いているものは、もちろん素人にも感知できるが、文学、芸術が人間の意識の自己表現に発したという面を、一貫して立証しているところに、わたしは折口学説の水準をみたいのである。この学説の基本的な性格は、たとえ細部で修正されることがあっても、ほとんど恒久的な意味をもっている。

折口説をじしんのいうように文学の信仰起源説といってしまえば、みもふたもないが人間の意識の自己表出された態様として文学発生をかんがえたものとみれば、その射程がきわめて広い範囲におよぶことはいうまでもない。信仰起源説だから観念的だといったたぐいの俗論にこの学説を喰わせることは、豚に真珠を喰わせるようなものである。

あるひとつの種族間の意識の体験は、脈絡をもちながらそれぞれの人物のなかにしずみ、固着するとともに、共通の意識体験を抽出してゆく。それは、幻想的な一般者としての原始神である。もし、そこにひとりの個人の意識の表出力が、種族の共通した意識体験にたやすく同致できるような「巫覡」的な人物がいるとすれば、この人物の自己表出は神に憑いてあらわれることになる。「神、人に憑つて」ではなく、ほんとうは、人、神に憑いて、種族の共通の意識体験を表現するのである。わたしたちは、未明の古代人の意識体験をそれがあったとおりに再現することも想像することもできない。あたかも、センテンスをしゃべることを覚えた時期の幼児が猫に憑いたり、熊に憑いたりして終日飽きないでいるときの意識状態を再現することができないように。それは、ちがったしかし完結した想像世界であることはたしかだ。折口学説のかなめは、それが信仰起源説だから観念的だという点にはなく、詩の発生が（一般的には芸術の発生が）古代人の意識の自発的な表出力とかかわるものだということを実証と判断力によって貫いたところにある。

わたしたちは、この学説で芸術としての詩とは何かについて、きわめて貴重な示唆をうけたことになるのだ。次に、わたしたちは、詩としての詩とはなにか、いいかえれば詩の本質とはなにかについて、ひとつの理解にたどりつかなければならない。

おなじように、折口信夫は抒情詩の起源についてつぎのようにかいている。

呪言の中のことばは叙事詩の抒情部分を発生させたが、其自身は後に固定して短い呪文、或は諺となつたものが多かつた様である。叙事詩の中の抒情部分は、其威力の信仰から、其成立事情の似た事件に対して呪力を発揮するものとして、地の文から分離して謳はれる様になつて行つた。此が、物語から歌の独立する径路であると共に、遙かに創作詩の時代を促す原動力となつたのである。此を宮廷生活で言へば、何振《ブリ》、何歌《ウタ》など言ふ大歌《オホウタ》（宮廷詩）を游離する様になつたのである。宮廷詩の起源が、呪文式効果を願ふ処にあつて、其舞踊を伴うた理由も知れるであらう。呪言の総名が古くは、よごとであつたのに対して、ものがたりと言ふのが叙事詩の古名であつた。さうして、其から脱落した抒情部分がうたと言はれた事を、此章の終りに書き添へて置かねばならぬ。

古代人の意識の自己表出が神の口として、いいかえれば宗教的な自己表出の形をかりて叙事詩として語られたように、叙事詩の物語性が、さらに自発的な表出力の面で抽出されたところに抒情詩がうまれることが指摘されている。たいせつなのは、詩が、あたかも金太郎飴の切口のように、意識の自発的な表出性という断面をさらしながら分化するという特長である。詩としての詩の本質はこういう層面にあらわれるという示唆をここからうけとることができる。

わたしたちが詩の（一般には文学の）形式とかんがえているものの本質は、意識の自発的な表出という断面をさしているが、おそらくこれが折口学説から引きだすことができるもっとも貴重な示唆のひとつである。

叙景詩は、そんなに早くは発達して居ない。うつかりすると、神武天皇の后いすけより媛が、天皇の崩御の後作られた、と言ふ二首を叙景詩と思ふが、此は真の叙景詩ではない。――歌其もので研究するので、歌の序や、はしがきで、研究してはならぬ――だから叙景詩も、はつきりした意識から生れて来るものではない。新室ほかひの歌は、其建物の材料とか、建物の周囲の物などを歌ひ込めて行く。而も最初から此を歌はうとして居るのではない。即、茫漠たるものを、まとめるのである。昔の人は、大体の気分があるのみで、何を歌はうといふはつきりした予定が、初めからあるのではない。枕詞・序歌は大抵、目前の物を見つめて居る。

みつくし　久米の子等が　垣下《カキモト》に、植ゑし薑《ハジカミ》。脣《クチ》ひゞく。

吾は忘れじ。撃ちてし止まむ（神武天皇――『古事記』）

即、序歌によつて、自分の感情をまとめて来るのである。予定があつて、序歌が出来たと思ふのは誤りである。でたらめの序歌によつて、自分の思想をまとめて行つた。即、神の告げと同様であつた。

（「万葉集の解題」）

云われていることは、ふたつにつきる。第一に、古代人の叙景では、対象は選ばれるよりも眼にふれた手近なものがうたわれ、うたわれながら感情をひき出したということである。第二に、このような手近な景物をうたうことが、宗教的自己疎外に似たものであったということである。まずシュルレアリズムとおなじような忘我の状態が触目の景物によって表出され、しだいに芸術的な意識の自己表出となって結晶し、おわるというのが叙事詩の発生についてここで指摘されている意味である。

わたしたちは、日本の文学、詩の発生説についてこれだけ一貫した体系理論を、折口学説のほかにもっていない。わたしのかんがえでは、折口説は、信仰起源を固定化し、普遍化しすぎたという点をのぞけば、間然するところがないようにおもわれる。古代の祭式が劇をうみ詩をうみ、音楽をうみ舞踊をうんだということは、そのかぎりでうたがう余地はない。しかし、信仰の意味を固定化してかんがえると、宗教的な表現と芸術的な表現が二重にうつされねばならないところを、ひとつに融着させてしまうことになる。古代人がじぶんを神憑りにおいたとき詩は表出せられたかもしれないが、このことはやがて、神憑りがないばあいでも、意識の状態としては神憑りと共通性をもつ芸術的な表出を可能ならしめる。このとき、信仰と詩とは分離し、詩としての詩が発生する。折口学説を信仰に封じこめないで、意識の自己表現として普遍化すれば、わたしたちは、画期的なひとつの学説をもつことになる。

発生期に叙事詩から叙情詩がわかれてゆく過程は、詩が、物語性を、いいかえれば何が語られうたわれているかを排除して、作者の、あるいは作者に憑いた超作者の自己表現性の断面によって分化されたものであることをおしえている。ヴァレリイが詩は節調ある言葉で、叫び、涙、愛撫、接吻、歎息などが暗々裡に表現しようとおもっているところを表現したり再現したりしようとする試みだ、とのべているところは、詩の本質を自己表現性としてみ、また、たえず詩の純化がその自己表現性をもとめておこなわれ、その断面で分化したことを指そうとしているようにみえる。まったくおなじように、ハイデッガーが詩とは神々並びに事物の本質に建設的に名を賦与することだと云っているのも、中村光夫が詩が本質が歌であり、歌は言葉以前の肉声または叫び声であるといっているのも、詩が意識の自己表現としての面で純化されるという性質に、詩の本性をもとめていることを意味している。

ところで、通俗的な唯物論者のあいだに、芸術の発生と本質についてひとつの傾向的な理論が流布されている。典型的なもののひとつとして、たとえば、プレハーノフの『芸術論』(外村史郎訳)があるが、その取扱い方をはっきりさせておく必要がある。プレハーノフは云う。

　私によって上に引用された事実から見て明かであるやうに、韻律を感じ又はそれを楽しむ人間の能力は原始生産者をして好んでその労働の過程において一定の拍子に従はせ、又はその生産的動作に規則正しい声の響若しくは各種の懸垂物の節奏的な音響を伴はしめる。しかし何によって原始生産者が従ふところのその拍子は規定されるか？　何故に彼の生産的動作においては正にこれであって、それ以外のではない韻律が恪守されるのであるか？　それは与へられた生産過程の技術的性質によって、与へられた生産の技術によって規定される。原始種族のところでは労働の夫々の種類が夫々の歌を有し、その調子は常に極めて精確に労働のその種類に特有な生産的動作の韻律に適応させられてゐる。

　プレハーノフはあたかも生産のための労働と芸術とを結びつけなければ、こけんにかかわるとでもおもっているようだ。そうなればつぎに、それにぴったりした事実を拾いあつめてくるというやり方を避けられない。このプレハーノフ的な見解を芸術の労働起源説とでも名付けておけば、今日、マルクス主義的と自称するものの芸術論は、大なり小なりプレハーノフ的な先験的信条主義を避けられないでいる。

　プレハーノフ的な見解にはふたつの錯誤があることが容易く了解される。ひとつは、たとえ生産のための原始人の労働の態様が、芸術発生の起源をなしたばあいでも、かれらは意識の自己表現として芸術動作をおこなったのだという過程をまったく考慮していないことである。プレハーノフの見解では、猫が鼠をとるときの労働にともなうウナリ声や動作も、猿が木の枝きれで木の実を落とす動作や叫び声も舞踊や歌の起源だということになる。しかし、芸術は、古代人が意識の自発的な表出能力をもったとき、はじめて芸術と呼ばれるべき条件をもったのである。

　わたしに、いわせれば、芸術の起源が祭式にあるか、生産のための労働にあるかは、どちらでもたいした問題ではない。また、探索すればどちらでも実証することはできるはずである。しかし、プレハーノフは問題の所在がわからず、労働と芸術の起源とをむすびつける空しい努力を試み、そう試みることがマルクス主義的であるとさえ錯覚した。もちろん肝じんなことは、原始人が祭式や労働の動作や節のある叫びを、たんなる反射的な動作や叫びとしてではなく、意識の自己表出として行なったとき、はじめて芸術の最小限度の与件が成立したという点にある。折口信夫が信仰起源説を固定化しながらも、この芸術の自己表出（神憑りによる）に詩の発生をみたのにたいし、プレハーノフは労働起源説に固執しながらこの芸術の必須条件である自己表出性をまったく考慮のほかにおいたのである。いわば、芸術論になってない芸術論の起源はプレハーノフあたりにあるといっても過言ではない。

もちろん、信仰を拾った折口信夫とおなじように労働を拾ったプレハーノフは、そのことによって誤ったわけではない。けっきょくプレハーノフはおおくの通俗マルクス主義者とおなじように芸術そのものが理論的にわからなかっただけである。たとえば、竹友藻風は『詩の起源』（昭和四年十月、梓書房）のなかで、呪文と詩の機能についてつぎのようにかいている。

フレイザアの説に従へば、魔術には積極的な魔術（positive magic）と消極的な魔術（negative magic）がある。前者は一般に巫術（sorcery）と称へられてゐるもので、「これこれの事が起るやうにこの事を為せ」と命ずるもの、後者は禁制（taboo）と称へられてゐるもので、「これこれの事の起らぬやうにこの事を為すな」と命ずるものである。この場合の叫は前者の例であるが、民謡の中には後者を反映するものも多少は発見せられる。

守よ、子守よ、日の暮の守よ、内をのぞくな、子が泣くぞといふ子守唄では内を覗くことが禁制（taboo）になつてゐる。このやうに除外例はあるが、然し大抵の民謡、殊にこの場合のやうな叫は皆積極的な魔術即ち巫術に於ける呪文（incatation）のやうなものである。呪文そのものに何等心を惹きつけるものがあるからではない。不思議なことにはこの呪文、即ちこの発生を繰返してゐると作業が容易になる。動かなかつた石が動いて来る。重い鶴嘴を振廻はすことが何でもないことのやうに感ぜられて来る。その時彼等の動作は無我夢中の間に極めて律動的なものとなつてゐることを発見する。それと共に、今までの叫が最早叫でなく、ちやうどその律をそのままに移したやうな謡（song）になつてゐる。律動が謡を統一する。否、民謡に於いて確実に存在するものは唯この律のみであるといふことも出来る。言葉などは如何に論理を没却したものであつても、又、支離滅裂なものであつても一向頓着しない。故にこの場合の謡は謡といふよりも寧ろ音楽である。

ここには、呪文が作業をたすけ、労働が歌をつくりあげるというプレハーノフ的なもんだいがはっきりと示されている。こういう実例は民謡をさぐれば数おおく見つけだされるはずである。しかし、この場合でも重要なのは、叫びが律動的になるという面で、いいかえれば反射的な叫びから意識の自発的な表出としての叫び（律動的になる）に抽出されるという面で芸術の（詩の）発生がかんがえられるという点である。

西郷信綱は、『詩の発生』（未来社）のなかで、折口信夫に依拠しながら、折口学説をプレハーノフ的に修正しようと試みている。それは、いわゆる「マルクス主義」芸術理論の不毛性から脱しようとする努力として評価しうる。しかし「言語は人間の実生活、社会生活における意味の伝達という必要のために創り出され、その必要に仕える用具であって、本来決して詩固有のえらばれた用具ではないからである。」というような機能的（スターリン的）言語観にわざわいされているためもあって、もともと意識の自己表現としての詩の発生説として位置づけられるべき折口学説を、祭式から芸術がうまれたのは事実だが、その祭式は基本的には豊饒を招きよせるための経済的行為であったというふうにプレハーノフ的色彩で上塗りするにとどまっている。詩とは（芸術とは）何かを発生的に理解することは素通りされてしまっている。

よく、祭式を母胎に、文学や詩がおのずから、そしていつの間にやら自然発生し、分化したもののように説かれ、なぜそうでありえたかという疑問が素通りされているけれども、そんなのんきなものではないことはもう明瞭だといってよかろう。しかし芸術が、魔術の祭りから発生分化してきた事実は疑えず、「性の牽引」や「咄嗟の感激」にしても、それらが一定の形をとるには、おそらく祭りに媒介されねばならなかったであろう。これは祭式が母胎そのものとして、すでに潜在的に芸術的な何ものかをふくんでおり、決して霊魂観がどうの、祖先観がどうの、というようなことだけでは片づかぬ何ものかであったことを暗示している。

片づかぬ何ものかは、はすこしも片づいていない。折口学説は、ここでは外観を模倣されながら、かえってプレハーノフ的な歪曲をうけ、しかも何も答えられていない。このもんだいについての折口信夫の見解は一貫して透徹しているはずだ。かれは、音声一途に憑るほかない不文の発想がなぜ当座に消滅しないで、永く保存され、文学意識にまで分化しえたか、と問い、それは信仰に関連していたからだ、とはっきりとこたえている。もし、ここで折口が信仰とよんでいるものを、意識の自発的な外化の能力といいなおせば、その形態が信仰的なものから芸術的なものに転化した過程はたどりうるはずであり、折口説はべつにプレハーノフ的な修正をひつようとしていないのである。

祭式にともなう叫び、呪文、歌のたぐいは、巫術師的な人物によって神憑状態の神語としてかんがえられ、社会の発展につれて、この神憑状態が慣習化すると、巫術師的な役割を割りあてられた人物が、意識的に神憑状態を表現して動作、叫び、歌を行なってみせるようになる。このとき宗教的なものは芸術的なものに、信仰された自己表現は、意識された自己表現にかわる。さきにものべたとおり、祭式の表現が、労働の動作手段の表現であるか、神憑りの神の動作手段の表現であるか、また祭式自体が生産物に影響をあたえるためのものであるかは、問題にならないのである。これを問題にするならば、それぞれの実例をならべるのは容易いことは、理論的に予想できることにすぎない。

ここでわたしは、発生説に新しい見解を立てるつもりはすこしもない。ただ、詩の本質とは何かを、発生の極小条件のなかではっきりさせてみたかった。詩が意識の自己表出の面で発生し、たえずその面で分化をうけた言葉の表現であり、発生期には詩はいつもリズムの面からみられた言葉の指示性としてあらわれ、その実用性（生産物に影響を与えるというような）は言葉の指示性の面からみられたリズムとしてあらわれたといいうればここでは充分である。

わたしたちは、詩をかくという意識状態がある緊張した放出状態のつづきであることを体験的にしっている。これは、いわば意識をたえず叫びの状態でみたし、言葉をその状態でうら貼りしながら表出していることを意味している。これは、わたしたちが言語をもたず、ただ有節の音声だけしかないとしても表出しなければならないはずの意識の自発的な叫びであり、それは詩が発生のときもっていた初原的な形での芸術だということができる。詩はいつもこれ以外の形を散文の方へふりわけることによってじぶんを醇化してきたものとかんがえてさしつかえない。

3

もちろん、散文でも大なり小なり意識の緊張や放出感を体験する。だからほんとうは詩と散文とはいつも程度のもんだいにしかすぎない。わたしが詩だとおもってかくのに、他人は散文だとか、訳のわからぬ独白だとしかかんがえないことは、しばしばである。たれも覚えがあるはずだが、詩と散文のちがいはかくかくしかじかだと定義した途端に、境界がぼけてしまって無意味な言葉の形骸だけが浮きあがってくる。しかし、それにもかかわらず、わたしたちは詩に文学そのものの原型を背負わせたところで、詩を定義しようとする意識的な試みをくりかえすのである。

詩は言語でかかれる。そして言語はいつもわたしたちの意識が自発的に発したものとして実用性をもつか、または何かを指示する必要から発せられながら、自己表現としての意味をもつかどちらかである。だが、詩をかく状態では、「海」とか「河」とか「恋人」とかいう指示性のもっともおおきな言葉でさえ、意識の自己表出の状態で発せられるといえる。その憑かれた状態は詩の発生のときの初原的なこころの状態をはらんでいるようにみえる。また、とおい未来の言語の行手をもはらんでいるといえるかもしれない。ハーバート・リイドが「作詩過程にあっては、言語は、詩人の強烈な精神状態に応じて、同じくらい明確な力を持つ独立した客観的な〝もの〟として、意識にのぼってくるのである。」（『現代詩論』和田徹三訳）といっているのは、詩の言語が意識の自発的な表出としてあらわれることをいいたいのにちがいない。またサルトルが「詩的態度とは言葉を徴《シーニュ》としてではなく、ものとして考えることである。」（「書くとはどういうことか」加藤周一訳）といっているのもこのことを指しているようにみえる。

しかし、詩において言語は「もの」としてあるのでもなければ、「徴《シーニュ》」としてあるのでもない。詩をかくとき言語は意識の自己表出の頂きで指示性をもつのである。たとえば「海」

という言葉は、意識の自発的な表出力によって花火のように打ち上げられ、その頂きではじめてあの青い水をたたえた「海」を象徴的に指示する。頂きに打ち上げられるまでは「海」という言葉は、初原的な叫びとおなじ塊りであるにすぎない。

　わたしたちは、詩がうまくかきおわったとき、散文である事実をうまく指示したときと比較にならない充実感または空虚感をもつ。そして、わたしたちの詩が他人に読まれたとき、詩の意味や主題やモチーフがまるで通じないとしても、この放出した感じだけは伝わるはずだという希望をいだくのである。巫女が神にじぶんがのりうつったことを信ずるように、わたしたちは詩においてじぶんが言葉にのりうつっていることを信ずる。放出感や充実感はその代償である、というのも巫女とおなじだ。

　まず、このときの充実感または放出感はわずかのあいだしか持続しない。再体験するには、じぶんの作品でさえ読みかえさなければならないくらいである。わたしたちは、やがて元の木阿弥にかえって、ふたたびほんとのことを云えば世界は凍ってしまうというあの定常的な精神状態にもどらなければならない。つぎに、この充実感または放出感は、ある意味のことをはっきりと指しえたという感じとちがっている。Ａはかくかくの理由によってＢである、というようなことを散文でうまく論理づけても、ある澱のようなものが意識にさわっているのを感ずるが、詩をうまくかきおえたときには、澱がのこらないのである。また、この充実感や放出感は、憑いた感じに似ている。神憑ったのでもなければ、狐が憑いたのでもなく、イデオロギイが憑いたのでもなく、自然が憑いたのでもなく、自己が自己に憑いた感じである。

この自己が自己に憑いた感じは、まさしく詩の言語が、たとえば名詞のように事物を指す言語でさえ意識の自発的な表出としてかかれていることに対応している。

現実の世界では、わたしたちは社会的なコミュニケーションの必要から言葉をつかっている。あるいは必要の感じでといい直してみてもよい（もちろん、このばあいでも、言葉は意識の自己表出にうら貼りされているのだが）。詩のばあいには、言葉は意識の自発的な放出で、あるいはその感じで表現される。もちろんこのばあいでも、コミュニケーションの必要、ある事物を指したいという必要はうら貼りされているのである。このちがいが、自己が自己に憑いた詩をかく状態と、自己が社会の事物のなかに事物との関係においてある現実の生活世界との決定的なちがいである。

わたしの読んだかぎりでは、この問題について、もっとも興味ある考察をしめしているのは、アイ・エイ・リチャーズ『詩と科学』（李歇河訳、研究社、昭和七年五月）であった。リチャーズは仮記述（Pseudostatement）という概念をこの状態に導入する。

詩的な接し方にあつては、仮記述が収まるべき凡ゆる諸帰結の額縁が予め明確に限定されてゐる。科学的接し方にあつてはこの額縁が限定されてゐない、依つてあらゆる帰結が許される。（中略）

要するに仮記述は、それが何等かの態度に従属適合するか、または他の理由から考へて望ましき諸態度を結合させるとき、はじめてそれは「真実」である。この場合の真実と科学に於ける「真実」とは相背馳するものであつて、かくの如く類似した言葉を差別なく用ひるのは遺憾なことであるが、しかし今のところ混用を避けることは困難である。（中略）

仮記述とは全く我々の衝動や態度を解放または統制するはたらき（尤もそれら相互間の統制の善悪も相当考慮されねばならぬが）によつて十分正当化された言葉の一つの形式であり、記述とはこれに反して真実性、即ち、それが指示する事実と厳格な学術的意味に於て一致することによつて正当化されるものである。

リチャーズの「仮記述」というのは、ここでいう意識の自発的な表出としての言語に相当する。リチャーズは「詩と科学」というふうに問題をたてたために、「記述」を学術的な意味で言語が指示する事実と一致するところに想定する。リチャーズのいう仮記述は詩をかく行為をよく云いあてているが、かれの記述というのは、じっさいには想定しにくいのである。

さきに詩をかく状態が自己が自己に憑いた感じであり、そのとき言葉は意識の自発的な表出となっているとのべた。そして現実の世界では、言葉は、交通の必要、事物の指示として表出されるとかんがえた。そして、このいずれのばあいも、前者は後者によって、後者は前者によってうら貼りされていることをしめした。わたしの考えからはリチャーズの記述の概念は成り立たない。なぜならば、このばあいも意識の自己表出によってうら貼りされているから、げんみつな意味で言葉の指示性の面でのみ「科学」的な記述を想定することはできないのである。リチャーズの概念では、たとえば、数学論文のようなものはもっとも純粋な記述にほかならない。しかし、わたしの概念では、数学論文でさえ意識の自己表出にうら貼りされているから、もし詩の読者が数学を理解する一定の力があれば、ある種の数学論文も意識の自己表出として、いいかえれば詩（初原的な芸術）としてよむことができるはずである。

わたしのかんがえでは、このもんだいについての主要な関心はリチャーズのように詩と科学というように設定されない。あきらかに詩と散文という形になる。詩と散文のあいだにはべつに厳密な区別がつけられないことは体験的にわたしたちが熟知している。あるものにとって梶井基次郎や堀辰雄の諸作品は詩であり、また、あるものにとって、現代詩の作品は散文である。それにもかかわらず、記述的な意味での詩と散文の区別はつぎのようにかんがえることができる。

ひとくちにいえば、散文は想像的現実であるが、詩は想像的なもの自体であるということだ。

現代の社会で、たとえば「理想的」という言葉は、インテリゲンチャのあいだではそのまま日常生活の会話につかわれても奇異に感じられない。だが、庶民のあいだではまだ熟していない。文学の世界ではほとんど何の抵抗もなくつかわれている。このようなもんだいをすべての言葉についてかんがえていけば、わたしたちは、日常生活語、書き言葉について現在的水準を想定することができるはずである(その厳密な実証は言語学者の領域である)。この水準は、言語発生いらいのしずかなまたは急激なつみかさなりの水準である現在的水準で、ある言葉は死語であり、ある言葉は慣用語であり、また、ある言葉はまだ熟していない言語である。

書き言葉における慣用語は、それをつかってつくりあげられる表現の世界がある安定性をもつ。現実に生活してそこで交わされる生活語が安定した意識から自己表出され、何かをコミュニケーションするように、書き言葉における慣用語の世界は、想像的世界の安定性に対応している。このような世界では意味があたかも現実における生活語の世界とおなじように流れ、また意識の自己表出も、たとえ突発的な高揚が挿まれているばあいでも定常性にかえらなければならないし、かえることができる。このような世界を散文とよびうるのではないかとかんがえられる。

書き言葉におけるまだ熟していない言語は、いつも意識の指示性からも自己表出からも励起された状態をともなう。この励起された意識状態の表現は不安定であり、ある完結性をもつ。そして定常的な意識からはじまって励起された状態から衰退をへて定常的な状態への復帰までの表現を詩とよぶことができる。

このような区別は、散文が慣用語でかかれ、詩はまだ熟さない語をつかってかかれるということとは別もんだいである。たとえ慣用語をつかっても詩では意識の表出としては励起状態でつかわれるのである。

ここで疑問がおこる。すぐれた古典作品はそれが詩であれ、散文であれ、すべて死語の世界であるはずなのに、なぜ生々しい価値をもつのか。

これにたいする言語の面からの答えは容易である。古典が死語の世界にみえる者、たとえばモダニストにとって古典はたいくつで読むにたえないし、つねに話し言語の現在的水準に生活している大衆にとっては、時代の遠い古典はちんぷんかんぷんな取りつけない世界である。芸術の価値は、意識の自己表出のインテグレーションにほかならないから、一定の理解力をもつ読者にとって古典は死語の世界であると否とにかかわらず価値があるのである。また、古典詩の価値は、その時代の定常意識を規準にして励起状態をかんがえることできるので、現代の定常意識を規準にしてその当時の励起状態をかんがえるのではない。モダニストたちが、たとえば『万葉集』が幼稚な詩であり、藤村の『若菜集』が、現在じぶんが書いている詩よりもつまらない作品だと錯覚するのは、現在の状態で直接過去の励起状態をはかるからである。

アランは『文学論』(片山敏彦訳)のなかでつぎのようにかく。

これに比して歌は別種の表徴である。その性質は、弱さではなく強さである。それは、強制されたり、おびやかされたりしていない、自由な人間の形式を表現することによって強いのである。その形式は、自己の均衡の上に築かれていて、事物を帰服させながら、それにより頼むのである。その形式は、自身の法則にしたがって集中するのであり、自己自身と他からの働きかけとの間の調整を求めようとはせず、むしろ自身の諸部分のあいだに諧和を求める。腹と胸と脚と腕と、そして遠くを眺めている頭とに私が負うところのものは何か？　否、いっそうよく言い直せば、この形式の各部分が他の諸部分に負うところは何か？　各機能が他の諸機能に負うところは何か？　人間を司るのは人間の全体である。どんな一つの筋でもそれぞれの持場をもち、必要に応じて緊張したり弛んだりしながらその持場の役割を果している。これこそ歌が表現するものである。

どんな一つの筋でもそれぞれの持場をもち、必要に応じて緊張したり弛んだりしながらその持場の役割を果たしている、というアランの言葉は、わたしが詩において言語は、意識の自己表出としても、指示性においても励起されていて、想像的なものそれ自体であるとのべたところと対応している。現実の社会で交通の必要からとびかわされる生活語の世界を第一の現実とすれば、散文芸術の世界は第二の想像的な現実であり、詩の世界は第三の想像的な根元であり、詩をかくということはこの第一の現実において、第三の想像的な根元、自己が自己に憑く状態に励起されることである。なぜ、それが（詩をかくことが）必要なのか、はそれぞれの書き手のこころ、社会のなかに秘されている。しかし、一般的にいえば、人間はその原始社会において何らかの矛盾をもつようになったとき、意識の自発的な表出が可能になったとみることは成り立ちうることである。まず、社会的な矛盾は、意識のしこりをあたえ、しこりが意識の底までとどくと、意識は何かの叫びのようなものを自発的に表出する。もちろん、この場合わたしたちが充足感や快感とかんがえているところは、しこりの裏側にほかならないともいえる。

4

自己は自己に憑いた、意識は励起状態で言葉を表出した。そこでは散文の場合とおなじように海とか石とか樹木とかいう言葉がつかわれ、また「てにをは」がつかわれる。外観からは詩の言葉は何の変哲もないのである。しかし、詩では海とか石とか樹木とかいうように指示性の強いことばさえ意識の自発的な表出――叫びのような機能を高度に負わされ、また「てにをは」のような指示性のないことばさえ、高度の指示的な役割を負わされるというような矛盾が交響している。この状態を実現しようとする言語の努力から詩的喩がうまれたことはうたがいない。喩法は詩をかくことにとって本質的な役割と意味をもっているのはそのためである。修辞的な定義からはなれて、詩的喩の本質をあきらかにし、詩そのものの実情況に近づいてみなければならない。折口信夫は『古代研究』（全集第一巻）のなかで日本人の歌の譬喩についてつぎのようにかいている。

叙事詩の流れの中に、一つ変つた流れがある。其は、人の死んだ時に、読み上げる詞である。此を「誄詞《シヌビゴト》」と言ふ。此は、寿詞《ヨゴト》の分れで、叙事詩の変つたものである。昔の人は、貴族が死ぬと、一年位、従者が其墓について居る。此従者の歌ふ歌が、誄詞《シヌビゴト》から分れて来て、挽歌となつて来る。挽歌も、宮廷に於ては、宮廷詩人が代作する事になつて居る。譬へば、人麻呂自身の歌として考へると、解釈のつかないやうなものが多い。

つまり、かう言ふ傾向から、日本人の歌に、譬喩が生れて来る。全くでたらめに、そこにある物を捉へて詠む、と言ふ処から「脣《クチ》ひゞく」の様な形が、出来て来るのである。其中に、少しはつきりしたものと、さうでなく、譬喩と主題とが絡み合つて、進んだ意味の象徴詩と似た形をとつて、象徴的の気分を現す形がある。日本の譬喩の歌は大体、此傾向から発達して来るのである。

「脣ひゞく　吾は忘れじ」のばあい、脣が（薑を喰べると）ぴりぴりすることを忘れないという意味が、つぎの「吾は忘れじ」という言葉を誘い出している。いわば意味的な喩である（この「脣ひゞく」は普通いわれている意味では直喩であろう）。

折口信夫がここでいっている意味は、でたらめの対象を手近かなところから手当り次第につかまえて歌っているうちに、ある当りがあって、歌いたい真の対象への誘導のきっかけがつく。そのばあいのある当りの表現が喩のはじまりであるというのにほかならない。しかし、折口信夫があげているのは、意味的な当りのばあいだと、ほんとうは云うべきである。

青山に　日が隠《かく》らば
ぬばたまの　夜は出でなむ
朝日の　咲《ゑ》み栄え来て
栲綱《たくづぬ》の　白き腕《ただむき》
沫雪の　弱《わかや》る胸を
そ叩き　叩きまながり
真玉手　玉手差し纏《ま》き

股長《もゝなが》に　寝は宿《な》さむを
あやに　な恋ひきこし。

（『記紀歌謡集』武田祐吉校註）

ここで「栲綱の」や「沫雪の」は女の腕や胸にたいして像的な喩になっている（ふつう言う意味ではこれも直喩であろう）。しかし、古事記の歌謡のような初原的な詩では、意味的な喩と像的な喩との区別はきわめて不明瞭である。「肾ひゞく」から、肾がぴりぴりとする痛覚が想起され、それが「吾は忘れじ」の「忘れじ」という感覚を喚起したとかんがえられなくないし、また逆に「栲綱の」、「沫雪の」の意味が腕や胸を誘い出したともうけとれる。わたしたちは「肾ひゞく」という言葉の自己表出が、どれだけの指示性の強さをもったか、また反対に「栲綱の」や「沫雪の」の指示性が、どれだけ自己表出性としての強さをもったかを古代人が感じたように感ずることはきわめて難かしい。しかし、いずれにせよ、詩的な喩の本質が、でたらめに歌われた手近な対象のうちから、ある述意にたいする意味的なまたは像的な当りに起源をもつということができそうにおもわれる。そして、この当りの意味や像は、歌われ、またはかかれた詩が励起された意識の交響する言葉として表現されるということのなかにはじめてあらわれる。

この当りがまさにあるつぎの言葉にぶつかって励起状態ができ、それによって詩が詩としての本質をあらわす端緒をなすことをかんがえれば、ここに詩的喩の本質があることが容易く理解される。詩の喩は、詩の価値をたかめるための言葉の当りであり、いいかえれば意識の自己表出をたすけるもの、また自己表出そのものの原型である。

アランが「暗喩表現は本来宗教的なものである。それは、或いは詳しい、或いは簡潔な叙述——しかしいずれにせよ真実の叙述たることを志すところの表現によって、われわれ人間の思想と感情とに支柱を与える。」（『文学論』前出）というとき、きわめて折口信夫にちかよっている。アランが暗喩は本来宗教的だ、といっているものは、ここでいう励起をさしているにほかならない。

わたしの知っているかぎりでは、詩的な喩についてもっとも丁寧な考察をくだしているのは、北村太郎、加島祥造「詩の定義」（『荒地詩集』一九五三年、一九五四年）であるが、ここで喩は、直喩と隠喩（暗喩）とにわかたれて、その差別がよく見きわめられている。

詩人にとって譬喩（直喩も隠喩も含めて）は単なる文学的形式ではない。それはある意味では眼鏡のようなものである。彼の精神・肉体ではないが、彼の精神・肉体には、なければならぬもの、欠ければ見えぬものである。しかし十九世紀後半以後は、直喩のような度の低い眼鏡では、この世が見えにくくなってきた。まえに挙げたダンテとボードレールの二人の例において見ても、同じ直喩の眼鏡でさえかなり違った度数であることがわかる。ダンテは安心して一つの眼鏡を用いている。ボードレールと同じ度数の眼鏡をかけている十九世紀人は、ダンテと同じ眼鏡の中世人の数ほど、多くはなかったにちがいない。まして二十世紀以後、詩人の用いるものにはひどい乱視や、不具に近い近視の眼鏡など、無数にある。そして超現実主義者は、眼鏡そのものを叩きつぶしてしまったのである。だから秀れた詩人が少いのは、眼鏡のせいではないことは、すぐに了解される。現代において、すぐれた直喩がないわけではない。ただ、少くなったことについては、右のような見方もできはしまいか、というのである。（中略）

前にあげたハヤカワ氏の説のように、隠喩のもつ二つのものの直截な結合に反省が加わって直喩になる以上、直喩には必ずある程度の説明性（すなわち散文性）が存在する。十七世紀までの詩人達は叙事的対象を詩に高めるために、直喩法という有効な技術を自在に用いた。しかし現代詩になるにつれて、小説がその分野に手をひろげると、詩はもはや直喩を使うほどの叙事的対象をもてなくなり、自然に直喩的表現を排除しはじめた。（中略）

直喩は、思考過程から言うと、一つの比較が反省の結果表現されたもので、それだけに叙述的であり隠喩は比較が直観的結合から直ちに生れたもので、言語表現としてはより詩的（或る意味ではよりプリミティヴ）である。

ここでいわれている重要なことは、二つある。ひとつは、直喩が説明的、散文的で思考過程からは比較が反省の結果表現されたものであり、暗喩は、比較が直観的結合からみちびかれたもので、詩的プリミティヴであることである。もうひとつは、叙事的対象を小説に滲透されたため、説明的、散文的な直喩は現代では少なくなったという指摘である。

わたしは、いままで、詩的な喩を、像的なもの、意味的なものにわけ、べつに直喩と隠喩という区別をもうけなかった。わたしのいう像的なものは隠喩で、意味的なものは直喩に相当しているというわけではない。だから、脈絡をつけておくことが必要である。たとえば、さきに引用した古事記の「沫雪の　弱る胸を」は、現代語にひきつけて語法だけでいえば隠喩的な表現であるが、ほんとうは、「沫雪のような　若やいだ胸を」という直喩としてつかわれている。北村、加島の反省的表現と直観的表現という区別は、古代語的なところでは、倒置された意味をふくむ。北村、加島が隠喩を或る意味ではよりプリミティヴであるといっているのは、この問題をさしていることはうたがいない。

げんみつにいえば、古代詩のプリミティヴな表現世界では、直喩とか隠喩とかは、混沌として区別しえない状態にあり、ほんとうは像的な喩と意味的な喩の区別しかありえなかったというべきだとおもう。わたしは、この喩の本質は、現代でもまた成立っていることをいいたいのである。修辞学は直喩や隠喩や提喩や……の別があることをおしえる。しかし、詩の本質は、喩にはひとつの本質があり、それは像的な喩と意味的な喩のいずれかのアクセントをひいてあらわれることをおしえるのである。たとえば、

彼は一九五〇年にインターンを終えた
若い開業医である。彼の
サファイアの瞳にうつるのは、貧しい
病める器である。

（北村太郎「*pride and prejudice*」）

「サファイアの瞳に」は、古事記の「沫雪の弱る胸を」とおなじようにあらわれている。しかし、古事記の歌謡で直喩的な「沫雪の」は、現代詩人北村太郎の「サファイアの」では、隠

喩的である。しかし、わたしにいわせれば、「サファイアの」が、像的な喩であることが重要なのであって、直喩か隠喩かはけっして重要なものではない。サファイアの像（イメージ）が、「瞳」という言葉に当り、それが「瞳」という表現の自己表出性をたかめている。

いま、「サファイアの瞳」という隠喩的な表現を、「サファイアのような瞳」とかけば、直喩的になる。そして、まさしく、北村、加島の論文が指摘しているように、説明的、散文的な印象をあたえる。なぜだろうか。

北村、加島の論文は、直喩は比較が反省の結果表現されるからだと説明している。わたしは、直喩と隠喩という区別はそれほど重要ではなく、ただ喩が像的であるか、意味的であるかが重要なのだとのべたばかりだから、べつの説明をとらざるをえない。

「サファイアの瞳」という隠喩のばあい、瞳がサファイアのようにかがやいているというのでもなく、瞳がサファイアで造られているということでもない。まさしく「サファイアの瞳」そのものであっても、サファイアという言葉のもつサファイアの像が、瞳の像と直結する。それは像が像に当って表現性をたかめる。

「サファイアのような瞳」という直喩的な表現では、くせものは「ような」という副詞的ないいまわしである。この「ような」が、じつは、単なる助詞的「の」とちがって微弱ではあるが動き、の像があたえる言葉なのだ。したがって、はじめの「サファイア」は「のような」という言葉の動きの像に乗せられてから「瞳」という言葉に到達する。サファイアの像は「ような」という言葉の動きにのって迂回し、それから瞳につながるのである。

これから判るように「サファイアの瞳」という隠喩的な表現が、「サファイアのような瞳」という直喩的な表現よりも直観的であり、後者のほうが説明的であるという理由はでてこない。ただ「ような」という言葉の像の動きにのるか、のらないかのちがいにすぎない。しかし、それにもかかわらず「サファイアのような瞳」という直喩形のほうが説明的、散文的にみえるとすれば、この表現が、現代的な言語の水準で、意識の自己表出性を励起しない程度に文学的には慣用されているからであるとおもえる。いいかえれば、「サファイアの瞳」は、わたしのいう想像的な表出そのものでありうるのにたいし、「サファイアのような瞳」は、想像的な現実にほかならないのである。

おそらく、北村、加島の論文が指摘するような意味では隠喩が現代的におおくつかわれ、直喩はすくなくなったとはいいえないにちがいない。直喩にしろ隠喩にしろ、説明的、散文的になるのは、時代の言語水準からかんがえて文学的慣用語となった場合であって、直喩の本質が説明的、散文的であり隠喩の本質が直観的であるとはいいえない。いや、むしろ、詩的喩に直喩と隠喩という修辞的な区別があるとかんがえるよりも、像的な喩と意味的な喩があるとかんがえたほうがいいとおもわれる。わたしたちが、喩の時代性についていえるのは、喩が詩的言語の像か意味に当って表出の励起をたえず高める方向にすすむということだけである。

詩的な喩のひらいている可能性は、ほとんど無際限だということができる。しかし、それは言語の像と意味との当りが無際限であるというのとおなじ意味で、またおなじ範囲でだ。たとえば、わたしたちは、シュルレアリストのように言葉を意識から自発的にとびだす弾丸のようにつかうこともできれば、レアリストのように言葉を現実を指示する手段のようにつかうこともできる。詩的な喩は、その起源において、古代詩人がそれ以外にはできなかったという理由から、勝手に手あたり次第の対象をうたいながら、当てたように、現代詩人は、（シュルレアリストのように）当てることの連続によって喩の概念を拡大することもできる。シュルレアリストの詩は、いわば喩だけからできあがった詩だということもできるのだ。

詩のかなめに詩的喩があり、詩的喩は詩人の意識の自己表出力を励起状態に当てることにほかならない。それならば、喩だけからできあがったシュルレアリスムの詩は、もっとも詩の発生と未来へつながるかなめを射ようとしており、そこに最短距離への努力があるといえる。だが、おそろしいことに、言語は自己表出された意識であるとともに、意識の実用化であり、詩の言葉もまた散文の言葉や語り言葉とおなじように何ものかを意味してしまうのだ。何が価値ある詩か、というもんだいにおいて、わたしたちがシュルレアリスムにも抽象主義にも重きをおきえないのはそのためである。

5

わたしが詩をかく、この社会で語り言葉によって語り、散文の言葉でかけば、世界を凍らせてしまうにちがいないことを詩によって。わたしの意識のおくに何があるのかについては、ここで語る必要はあるまい。わたしの詩的態度のまわりには、それにふさわしい現実がとりまいている。政治小僧が革命的哲学者のふりをしてわたしを槍玉にあげる。もちろん槍玉にあげられたのはわたしではなく、小僧の脳髄に像を結んだ自らのスコラ哲学だ。死んだ魂だ。つぎに、詩も語らず政治も語らないかわりに虫のように生活することでは専門家である大衆の名を、四十年間喰い荒してきた政治屋が、わたしの名をとりあげる。しかし、とりあげたのはわたしの名ではなく、自らの奴隷的な魂だ。死せる組織だ。

すでに、現代の日本では、じぶんで何らかの現実を所有していると考え、そう振舞う個人、集団、政治組織にも、また逆にそれらに所有されている個人、集団、大衆組織にも語りかけるのは無駄であると宣告しないわけにはいかない。あえて語りかけるばあい、まるで砂漠の砂に語りかけるように、耐えながら語りかけるのである。

　わたしは、世界を凍らせることを禁忌して詩をかこうとする。そして、世界はわたしの語ることを禁圧するような現実をこしらえあげる。ここには、ある必然的な関係があるのだろうか。

　詩にとって確かなことは、たとえそのなかで世界を凍らせる言葉がつづられたとしても、やがて詩は終り、こころの励起はおわりをもつということだ。だが、現実はいつまでも終らないで、わたしたちを禁圧する。詩は一時的にわたしたちを解放させるが、現実は「永久」にわたしたちを抑圧する。もちろん、抑圧された現実のなかでも、たたかったり、眠ったり、愉しんだり、休息したり、判断を中止したりしているし、残念なことにそれが生活しているしるしになっている。

　わたしが、いままで詩的な喩として言語のうえからのべてきたところは、この「永久」的な現実の抑圧と、詩の一時的な解放との結び目をとめるクサビのようなものである。古代人はかれらがかれら以外のものでありうることを妄想したとき、それが何であるかをさぐり当て、わたしたちがわたしたちでありるところに詩的な喩を発生させた。わたしたちは、いま、わたしたちがわたしたちであり得る方法を、わたしたちがわたしたちでない現実社会のなかで妄想するときに、詩的な喩の全価値にたどりつく。わたしは、さきには言語について喩を語り、いま現実とわたしのあいだで喩を語ったが、べつのことを言ったとはおもわないのである。

現代詩のむつかしさ

現代詩は、むつかしいとごく普通の読み手がいう。また、おなじように批評家もしばしば、現代詩は難解であるといっている。批評家のばあいは、普通の読み手のいうむつかしいという意味のほかに、末梢的であり、技術的な芸にとらわれすぎるというような意味をふくめて難解だといっているようにおもわれる。たしかに、現代詩もまた、かなり、高度なところまでコトバの技術が専門化しているから、そこからやむをえない難しさがでてくるということがありうるはずだ。

しかし、コトバの技術上の難しさは、詩を享受する読み手にとっては、ほとんどかかわりないといってもよい。コトバの技術を予備知識としてもっていなければ、わからないような詩作品は、芸術としての条件にかけているとかんがえたほうがいいとおもう。これを前提にして、批評家や、読者大衆から、漠然とあがっている現代詩はむつかしい、という与論を、疑ってみなければならない。

わたしが、じぶんの体験でいえば、現代詩がむつかしいとおもったことは、一度もないといってよい。それにもかかわらず、読んでもわからない現代詩の作品に出会ったことは、きわめてたくさんある。しかも、読んでわからない詩の作品をまえにして、その作品のわからない個処を、わかろうと努力させるほどの魅力ある作品に出会ったことは、ほとんどなかった。

大抵のばあい、わたしは、よんでもうまくわかったと感じられない作品をまえにすると、わかったと感じられる個処をつなぎあわせて作品全体の秩序が受感できれば、その作品の鑑賞をおしまいにするのである。じぶんを普通の読み手として現代詩の鑑賞をかんがえるばあい、わたしはこれだけで満足している。この満足は、じぶんだけのものではなく、普遍化できるものだ、というのが現代詩の書き手として、またそれを批評するものとしてのわたしの立場である。

現代詩の難解さというものはほんとうは、ふたつのばあいにしかおこりえない。ひとつは、現代詩人のもっている思想が(詩の表現以前の)、難解であるばあい。もうひとつは、現代詩人が、孤独な精神世界をもっているばあいである。しかし、わたしたちは、この点についてでは安心していい理由をもっている。日本の現代詩人で、思想的に難解であるような詩人、孤独な他人につうじそうもない精神世界をそだてているような詩人は、まったくいないとかんがえていいとおもう。マス・コミの高度に発達した現代の日本では、詩人のこころの世界も、平準化され、風とおしがよくなっているのである。むしろ、現代詩をよむばあいに、たとえば、近代詩人島崎藤村の詩は易しいが、現代詩人の詩はむつかしいというような固定観念を、ひっくりかえしたほうがいいとおもう。現代詩にむつかしさがあるとすれば、コトバの技術上のむつかしさであり、これは、詩の本質にはかかわりなく、詩を表現する手段の複雑さにほかならない。だからこそ、わたしたちは、わからない詩に出会ったなら、わかるだけの読み方で鑑賞していい理由があるのである。

コトバの技術上の複雑さ、難解さ、というものは、個々の詩人が、自分の独創的な技術であるとかんがえているといないとにかかわらず、近代詩以来の歴史的な蓄積から成立っている。だから、読み手は、なれるにつれて、無意識のうちに詩のコトバの技術の約束をのみこむことができるから、自然に難解でなくなってくる。しかし、思想の難解さ、孤独さということは、なれるにつれてわかるというわけにいかないので、それが解るためには、読者のこころは、その詩と格闘しなければならない。

わたしが、普通の読み手に目安をおいて、現代詩を鑑賞する原則をのべるとすればふたつに要約できる。第一は、読んでも皆目わからない詩に出会ったら、その詩人がどんな著名な詩人であっても、その作品は芸術としてゼロであると考えること。第二に、読んで漠然としかわからない詩に出会ったら、それで充分鑑賞できたと考えること。

ところで、詩にかぎらないわけだが、芸術の鑑賞には、奥行きがある。鑑賞もある段階までくると、対象である作品をはなれて、それ自体がひとつの創造行為として独立することができる。この段階では、コトバの技術上の約束をのみこむことは必須の条件であり、それとともに受け身であった鑑賞を積極的な鑑賞、いいかえれば分析力をともなった鑑賞にしなければならない。分析力をともなった鑑賞は、やがて、読み手を作品から離して、自分のこころの世界の形成へとつれだしてゆく。

商人

おれは大地の商人になろう
きのこを売ろう　あくまでにがい茶を
色のひとつ足らぬ虹を

夕暮れにむずがゆくなる草を
わびしいたてがみを　ひずめの青を
蜘蛛の巣を　そいつらみんなで

狂った麦を買おう
古びておおきな共和国をひとつ
それがおれの不幸の全部なら

つめたい時間を荷作りしろ
ひかりは桝にいれるのだ

さて　おれの帳面は森にある
岩蔭にらんぼうな数学が死んでいて

なんとまあ下界いちめんの贋金は
この真昼にも錆びやすいことだ

これは、現代詩のうち難解といわれる部類にぞくする詩であり、この詩の書き手は、じぶんで「難解王」と称している。わたしに、いわせれば、とんだ自惚れである。この詩は、たいへんやさしい単純な思想でかかれているやさしい詩である。一篇の意味は、「じぶんは、大地から育つもの、自然物にねざした土着のもの（思想でもよい）を宣揚する人間となろう。そうすることによって、おれにそうせざるをえない不幸をあたえている、この「古びておおきな共和国」（日本と解してもよい）と、さしちがえるのだ。都市文明の世界をほんとうの世界だとおもっている連中たちは、さびた贋金みたいなものだ」ということである。

普通の読み手は、「色のひとつ足らぬ虹」とか、「狂った麦」とかいう奇妙なコトバが、なぜつかわれて、どういう意味をもつのか、疑問とせざるをえない。しかし、このばあい、意味の方からセンサクせずに、感覚の方からセンサクすると、容易にこういうコトバを使う作者のこころの状態を理解できる。こういうコトバは、現代にあるもの、（ここでは麦とか虹というもの）に対する作者の不満感、欠乏感を象徴しているのである。だから、ただの「麦」

ではなく「狂った麦」であり、ただの「虹」ではなく「色のひとつ足らぬ虹」でなければならない。現実社会、(この場合農村と解してもよい)にたいする作者の苛立ちが、ただの「麦」とか「虹」とかかくことをいさぎよしとさせなかったのである。これだけのことが理解できれば、この詩は、ぜんぶわかったとおなじである。

さて、四聯、五聯はどうであろうか。「つめたい時間を荷作りしろ／ひかりは桝にいれるのだ／さて　おれの帳面は森にある／岩蔭にらんぼうな数学が死んでいて」、普通の読み手は、つめたい時間とか、それを荷作りしろとか、ひかりを桝にいれるのだとかいうコトバのつかい方、把握の仕方になれていない。しかも、どういうことだか意味がわからないとおもう。

わたしに、いわせれば、この四聯、五聯には、意味がないのである。だから、これは、どういう意味であるか、というようにこの聯をよまずに、時間を荷作りするとか、ひかりを桝にいれるとかいうようないい方で「時間」とか「ひかり」とかいう天然四元を表現している作者は、「大地の商人になろう」というじぶんの意志を、相当よく思想としてこなしている証拠としてうけとればいいのだ。この聯には、意味がなく、常識的でない感覚を読み手にあたえる作用だけがあるとかんがえれば足りる。いいかえれば、この四聯、五聯の意味は不明であるとかんがえる普通の読み手の感受性は、きわめて健全であるといわねばならない。ことに、「岩蔭にらんぼうな数学が死んでいて」という行は、作者にしか通じない不完全な暗喩で、わからないのが当然なのである。

現代詩は難解だというが、せいぜい、この程度が、もっとも難解だといわれている部類にぞくしているだけである。しかもその思想は、きわめて単純で、レトリックをはがしたら、なあんだといったようなものである。しかし、この詩などは、典型的だが、現代詩の世界は、レトリックの面白さと思想とが相おぎなって詩の世界をつくっていて、一方の足をとりはずしたら、詩の表現世界はぜんぶ崩れてしまうという場合がおおい。

これは、おそらく、現代詩の世界が、つよい秩序意識を、いいかえれば定型をもっているためではないかとおもう。理想としては、この反対の世界をかんがえたほうがいいのだが、現在秩序破壊的に詩をかく詩人は、しだいに欠乏の傾向にあるということができる。

音韻と韻律——詩人論序説 2

詩の朗読、シュプレッヒ・コールは、昭和初年の現代詩の運動のなかで、かなりおおがかりにとりあげられたことがある。この問題の本質的な点は、詩人または、発声について特殊の修練をつんだ俳優いわば発声に確信をもったものによって、文字又は活字に表現された詩作品をよみ、これを享受者が聴覚から享受するという問題である。現在では、あたらしい形でラジオ、テレビなどを媒介として行なわれている。

現代詩人は、だれでも、このシュプレッヒ・コールが、限界をもってしか行なわれえないことを無意識のうちに理解している。この限界は、肉声による直接の朗読が、ラジオやテレビのような高度に技術化したメディアにかわっても、いっこうに変らないのである。シュプレッヒ・コールが提出する限界の本質はどこに存在するのかを検討しなければならない。

わたしたちは、音声や音声の持続を表現としてかんがえない。音声の持続が、一定の感覚と意味とをもったものを言語表現とかんがえるのである。

決定的なことは、音声の感覚的な性質は、言語の意味機能と直接にはかかわりがないということである。

部屋に入って　少したって
レモンがあるのに
気づく　痛みがあって
やがて傷を見つける　それは
おそろしいことだ　時間は
どの部分も遅れている

（北村太郎「小詩集」より）

短いがかなり複雑で高度な意味を感覚的に表現しているこの詩をとってみる。この詩の思想的な意味はつぎのように理解される。詩人がいま外の生活からはなれて、もっとも親密に日常生活をくりかえしている部屋にかえってくる。知りつくした部屋であるはずであるのに、少したってから、はじめてレモンがあるのに気がつく。親密な日常世界にかえってきたのに、詩人の意識は外の生活をつづけたまま、転換できないため、知りつくした部屋のレモンの存在にさえ気付かないのである。ややしばらく時が経ってはじめてレモンの存在をしる。しかし、それから瞬間を経なければ、レモンに痛みがあり、傷があるのに気がつかない。レモンの傷に気付いたとき、はじめて、詩人は、外の生活から親密な日常生活への転換がこころの中で行なわれたのを知る。こういう体験は、おそろしいことではないのか。詩人は、この体験に思想的意味をあたえようとする。かつて、人といさかいをして、いいくるめられ、こころは相手に否を感じているのに反ぱつの言葉があとからしか出てこなかった記憶はなかったか。かつて外の生活で小支配者から抑圧されたとき、感覚的な苦痛よりあとにしか言葉がわきでなかったという体験はなかったか。われわれは、こういう傷ついたおそろしい体験のなかでしか生活できないのではないか。この詩人は、ただ、部屋に入って、しばらくたってからしかレモンの存在に気付かず、その傷に眼がとまらなかったというありふれた日常体験から、すくなくとも、これだけの思想的な意味をつかみだし、それを感覚的に表現している。どこにも、むつかしいいいまわしはない短詩にしかすぎないが、この詩の思想的意味はかなり高度である。

この詩が音声によって表現された場合をかんがえてみなければならぬ。

〔hejani haiʒte Sukositaʒte〕
〔Lemoŋga arunoni〕
〔Kiʒuku jtamiga atʒte〕
〔jagate kizuwomitzker sorewa〕
〔Osoros; kotoda dʒikanwa〕
〔Donobubunmo okureteir〕

勝手に音標化してみたが、こういう音標を個人でいくらかずつちがった音声によってつたえられたとき、すでに文字または活字の表現として、また、それを特長として感覚と意味とを統一されたこの作品が、正当に理解されないことは、あきらかであろう。この場合には、困難は二重化する。第一は、言語の意味の機能は、音声とは直接にかかわりがないことであり、第二には、すでに文字または活字に表現された詩を、音標化して表現するためにおこる必然的な制約と困難がくわわることである。

それならば、はじめから音標化を前提としてつくられた詩作品はどうであろうか。この場合には、音韻自体が言語の意味と本質的なかかわりをもたないという理由で、詩の表現が、はじめから意味の側面で制約をうけることはあきらかである。

言語理論のうえからは、音声と音韻とは、はっきりと区別されている（「日本語の構造」『講座日本語』Ⅱ　大月書店、浜田敦『日本語の音韻』、三浦つとむ『日本語はどういう言語か』講談社）。音韻とは音声の表現としての面をさしている。いいかえれば、音声が確定した意味と感覚をもったとき、音の側面からそれを音韻とよんでいる。言語は、音のうえから音韻と韻律とのふたつの側面をもっている。音韻は言語表現の音の側面であるが、韻律は、言語表現が意味と統一してもつ感覚的な側面をさしている。

日々を慰安が
吹き荒れる。

（吉野弘『幻・方法』より）

音韻

〔hibiwoiaŋga〕
〔Fukiarer〕

韻律
「１２３１２３４
１２１２３」

ここで、いやおうなしに日本語の韻律の特長につきあたるわけだが、日本語は、意味と不可分であるような言語アクセントをもつものではない。「日々」を「１２」とアクセントをとっても、「１２」ととっても、「１２」ととっても、大した相違を生じない。どの音を強調し低調しようが、さして問題とはならないのである。しかしわたしたちは、どこかにアクセントをおきながらこの詩の小節をよむことは確実だから、アクセントを日本語の韻律から無視することはできない。また、ここに日本語は、句切りによって韻律を生ずるが、「日々を慰安が　吹き荒れる。」を、「１２３１２３４　１２１２３」と句切ろうが、「１２３４５６７　１２３４５」として七五調に句切ろうが、「１２１２３　１２３４１」と句切ろうが、べつにさしつかえを生じないし、これは、おそらく現代詩の領域ではあまり問題となりえないのである。このような句切りの相違によって「日々を慰安が　吹き荒れる。」という表現がちがった感覚を意味にあたえるとはまずかんがえられないのである。

現代詩は、昭和の初年から、日本語の意味と形象的な感覚との統一をもとめる表現にすすんできたため、音韻または韻律と意味との関係について、ほとんど意識的な追及はおこなわれなかった。このことは、つくられた現代詩の作品が、結果として音韻または韻律から感覚的な効果をまったくうけとっていないということを意味するものではない。しかし、意識的に追及されたものではない現代詩の作品から、音韻または韻律のもんだいをひきだそうとする作業は、必然的にさほど重要性をもつものではないことを前提としなければならない。

わたしのせまい知見のはんいでは、日本の現代詩で、言語理論のうえでいう「音韻」の効果を詩表現に追及したのは、「荒地」の詩人加島祥造ひとりではあるまいか。

そりやその通りだ、黒は黒
みんなのみる通り、黄色は黄色
髪の感触も顔の形も身体の格好も変つてる
ところは変つてるさ
でもね、デイヴ

（加島祥造「沙市夕景」より）

あえて音標化するまでもなく、第一行はS音の中二音おきの連音と、K音の中二音おきの連音、第二行は、M音の中三音おきの連音と、K音の中三音おきの連音、第三行は、K音の九重連音、第四行は第三行の重複、第五行はD音の連音と濁音のかさね、が意識的に試みられている。引用しなかったこの詩全体を評価すればあきらかになるのだが、この詩では、日本語の言語表現の音的な側面を意識的に追及する試みによって、実は言語表現の意味の側面が、かなり制約されていることが手易すく了解される。このような試みが実験的に意味をもちうるが、詩の本質にまで及ぶ効果をもちえないのは、元来、言語表現の意味と「音韻」とは本質的な関係が存在しないからである。詩人が現実からうけとった認識を、詩に表現するばあいに、なにも言語の「音韻」のかさねによって表現すべき必然性は、言語表現と現実との本質的な関係のなかに存在しないのである。

　しかし、「音韻」の効果が、必然的な認識によって追及されたばあい、事情はいくらかちがってくる。

五月はみがかれた緑の耳飾り
二月は罐をける小さな靴

八月は錆びた西洋剃刀に裂かれた魚

（北村太郎「小詩集」より）

第一行は、「みがかれた」のM音と「緑」のM音と「耳飾り」のM音と、「緑」のR音と「耳飾り」のR音との連音があり、第二行は、「罐」のK音と「ける」のK音と「靴」のK音と、「二月」のT音と「靴」のT音との連音があり、第三行は、「錆びた」のS音と「西洋」のS音と「剃刀」のS音と「裂かれた」のS音と「剃刀」のR音と「裂かれた」のR音との連音がある。この詩のばあい、あきらかに連音韻は意識的に追及されているのだが、この詩人は注意ぶかく、詩の「韻律」と「形象的感覚」とのみっせつなつながりがあるかぎりにおいて、「音韻」の連音をつかっていることが了解される。この周到な用意によってはじめて連音が、一定の効果を言語表現のうえに与えているのである。しかし、この連音が効果をもちえているのは、この詩が形象的感覚を強調して詩人の季節にまつわる記憶の意味をとりだしている作品だからであって、思想的意味がつみかさねられた作品であったならば、連音の効果はただ浮きあがるだけで、けっして成功しなかったであろうとかんがえられる。

日本語の詩で、「音韻」の効果が、言語表現の本質にまでとどいているものをもとめるとすれば、明治以後の近代詩のなかに見出すのは、おそらく不可能である。わたしたちは、古典詩のなかにそれを求めるよりほかないのである。

かくとだにえやは伊吹のさしも草さしも知らじなもゆる思ひを　（藤原実方）

有馬山ゐなのささ原かぜ吹けばいでそよ人を忘れやはする　（大弐三位）

第一の短歌の「さしも」の重複、K音の重層、S音の連音、H音の連音は、ほとんど七・五の「韻律」と一体となって詩の意味と本質的に統一されている。第二の短歌におけるS音の連層、「そよ」の擬音的な効果、母音Iの連音、H音の重複についても同様である。これらの古典詩においては、自然にたいする認識と、詩人の心象の認識とが一体化され、日本語が本来的に要求する五・七音の「韻律」が、言語表現の「音韻」の側面と不可分のかたちで存在しているため、詩の意味は形象的感覚とよりも、「音韻」や「韻律」と統一されて詩表現の自立性を獲得している。このような古典詩からは、思想的意味の重層性をみつけることは困難であり、むしろ思想的ノンセンスによって、はじめて詩表現が成立しているものだという ことができる。わたしたちの古典詩が、思想的に貧困でしかありえないのは、古典詩形が、日本語の「音韻」と「韻律」にあまりに着きすぎており、あまりに音の側面において日本語の本質に徹底しているためであるということもできる。詩が言語の意味と映像的な感覚性との統一をもとめる方向に発展してきた日本の現代詩において、言語の「音韻」を効果的であらしめようとする試みが、いかに不可能にちかいかは、本質的な理由をもっているのである。日本の現代詩は、日本語の基本的な性格に根ざす、五・七律とそのヴァリエーションの試みを放棄してしまっている。だから、五・七律または定型としての韻律はすでに、現代詩において問題となりえないようにおもわれる。それにもかかわらず、韻律の効果は、現代詩にまったく痕跡をとどめていないとは、いいえない。

空は
われわれの時代の漂流物でいっぱいだ
一羽の小鳥でさえ
暗黒の巣にかえってゆくためには
われわれのにがい心を通らねばならない

（田村隆一「幻を見る人」）

この詩の韻律を音数律とアクセントによって任意に書きなおしてみる。

「**1**23
12**3**4**5**1234**1**2345678 1**2**34
1**2**341 23456
1234512 1234123456
12345 1**2**34567**1**2345 1**2**3**4**」

ここでは七音となるべき四音や、五音となるべき三音が、わずかの五音とともに痕跡をとどめ、それが、この詩の超感覚的な表現である「時代の漂流物」や「暗黒の巣」や「にがい心を通る」という意味をたすけていないとはいえない。わたしたちは、あきらかに部分的にはリズムを感じながらこの詩をよんでいるのである。しかしそのような効果は、この詩人が行わけの方法や「時代の漂流物」や「暗黒」というような視覚的に映像をかんじさせる言葉を、「空」や「小鳥」というような具象的な対象を直かに表現する言葉と巧妙に結合させている詩的な効果と試みにくらべたならば、それほどのおおきな意味をもたないことが了解される。

島と島を
いくら加えても
それは
虚数だ！

無数は
一つよりも
少ない

（関根弘「島」）

この音数律とアクセントとはつぎのようになる。

1 **2** 3 1 **2** 3
1 2 3 1 2 3 4 5

1 2 5
1 2 3 4!

1 2 3 4
1 2 3 1 2 3
1 2 3 4

この場合も韻律は、五音となるべき三音と五音が痕跡となっているが、田村隆一の「幻を見る人」とおなじような副次的な役割しかもちえていない。この詩人が、日本列島の思想的な象徴を、数の問題によって比喩している試みと効果にくらべれば、韻律の効果は、ほとんど問題とならないのである。

しかし、現代詩にはいまのところ韻律の効果をひつようとしているおそらく唯一の場合が存在している。それは、概念としてある心象の世界を、形象的感覚と意味との統一によって表現しようとする場合(前例の田村や関根のような場合)ではなくて、概念としてある心象の世界を、概念的な言葉の重層化によって思想的意味をもたせようとするばあいである。

橋上の人よ、
美の終りには、
方位はなかった、
花火も夢もなかった、
「時」も「追憶」もなかった、
泉もなければ、流れゆく雲もなかった、
橋上の人よ、
あなたの内にも、
あなたの外にも夜がきた。

（鮎川信夫「橋上の人」より）

これを音数律とアクセントによって書けばつぎのようになる。

1234567
1234567

１２３４５６７

１２**３**４１**２**３１２３４

１**２**３１**２**３４５１２３４

１２**３**４１２３４、１**２**３４５**１**２３４５６７

１２３４５６７

１**２**３４５**６**７８、

１**２**３４**５**６７８**１**２３４５

ここでは、七音となるべき四音と八音が、五・七音とともにかなりはっきりとあらわれている。そして、このような韻律が、「美の終り」とか、「時」、「追憶」、「夢」、「方位」とかいう超越的な感覚をもった言語を、詩の表現として成立させるために、かなりの重要な役割をはたしていることが理解される。このことは本質的には何を意味しているのだろうか。わたしは、日本語が現在の段階で、このような概念の超越的な表現に、形象的な感覚を与えうる地点にたっていないためだとおもう。換言すれば、この詩人がつかっているような言語が、表現として感覚的なイメージをあたえるほど、日本人のあいだに社会化されていないためであるとかんがえるほかはない。このために、現代詩は、現在の段階では、こういう表現を詩として芸術的に成立させるために、日本語の本質に由来する（いわば血肉化された）韻律と音韻との補助を必要としているのである。詩が時代的な制約を破壊する先駆的な試みを強いられるとき、詩人は必然的に詩を防衛しながらその試みに取組むものだということができる。

喩法論——詩人論序説 3

1

文学的な表現、ことに詩の表現で喩法はしきりにつかわれている。それにもかかわらず、喩法がなぜ言語表現において可能となるのか、という問題にたいして、わたしたちは本質的な解答をあたえられていない。試みに手近かな著書から喩法にたいする説明を引用してみよう。ピエール・ギローの『文体論』（佐藤信夫訳　クセジュ文庫）は、喩法について、つぎのようにかいている。

語のあやすなわち**転義法**〔比喩〕は、意味の変化であり、そのうちでいちばんよく知られているものは、隠喩である。そのほかたとえば提喩は、白帆といって船を意味するように、部分を全体とみなすものだ。

また換喩は、酒のかわりにお銚子をつけるというように、容器を内容とみなすものである。
転義法のおもなものは、隠喩〔メタフォール〕、諷喩〔アレゴリィ〕、引用喩〔アリュジョン〕、反語法〔イロニィ〕、皮肉〔サルカスム〕、濫喩〔カタクレーズ〕、代換〔イパラージュ〕、提喩〔シネクドク〕、換喩〔メトニミィ〕、婉曲法〔ウーフェミスム〕、換称〔アントノマーズ〕、転喩〔メタレプス〕、反用〔アンチフラーズ〕などである。

ここから、喩法の本質について知りうるのは、それが「意味の変化」であるということだけである。

加島祥造、北村太郎、中桐雅夫などとならんで、日本現代詩のすぐれた理論家である鮎川信夫は、『現代詩作法』（荒地出版社）のなかで、喩法についてつぎのようにかいている。

　ところが、詩の表現に必要な言語の特性のひとつとして、その代表的なものに比喩があります。比（譬）喩は、直喩《シミリ》と隠（暗）喩《メタフォー》に分けるのが普通であり、もしこの意味の範囲を広くとれば、象徴《シンボル》も寓意《アレゴリー》も映像《イメージ》も、すべて比喩的表現のうちに含まれると思いますが、ここではいちおう直喩と隠喩を、その標準単位として考えてゆくことにします。

詩の隠喩は、直喩の場合と同様、やはり対象に私たちの注意をひきつけ、同時にそれを新しく価値づけるものでなければならないのです。

一つのものと他のものとの類似した関係を把握する能力は、隠喩の場合、ほとんど想像力の働きによるものであり、詩人はかぎられた言葉で無限に変化する自分の観念を示すために、広い想像の領域をもつこの方法を用いるのです。

シュルレアリストの隠喩的表現は形のうえでは「隠喩」であっても詩の「隠喩」ではなく、そこには「一つの言葉を、通常の意味から別の意味に移す」という働きがほとんどありません。そこには、異質のもの、あるいは異質の「観念」を同時的平面的に並置しただけの、一種の型《パターン》があるだけなのです。

隠喩法には、〈もの〉と〈もの〉との対照の観念とともに調和の観念も含まれており、それ自体が独立した表現として一つの全体性を形づくる傾向があります。それは言葉のスピードと経済を本旨とし、すくない言葉で、ある事柄を言いつくそうとする心であるとも言えましょう。

隠喩についてのすべての定義に共通している観念は、「一つの言葉を、通常の意味から別の意味に移す」ということです。そしてこの「別の意味に移す」という働きが、直喩と隠喩を区別する最も大切な点なのです。

鮎川信夫の『作法』では、喩法の意味は、実例をもちいて、かなり精密に論じられている。しかし、依然としてわたしたちが欲しいのは、喩法は何故可能であるか、という本質的な問題から、喩法の実体にいたる過程である。これを追及してみなければならない。

2

言語表現のいちじるしい特徴のひとつは、言語の意味が、その言語の喚起する形象的な映像と一義的な関係をもたないということである。そして、言語の意味は、ただ普遍的な関係としてのみ、形象的な映像と結びついていることである。たとえば、「恋人」というコトバの喚起する形象的なイメージは、ひとによってまったく異っている。ある者は、このコトバによって小柄な特定の貌をした女性をおもいうかべるかもしれないし、ある者は、このコトバによって大柄の特定の貌をした男性をおもいうかべるかもしれない。いいかえれば、「恋人」、という言語表現は、無限におおくの異った形象的映像を喚起することができる。それにもかかわらず、喚起された無数の形象的映像は、それぞれにとって恋愛の対象である異性であるという普遍的な関係において同一である。このように、感覚的な形象と一義的にかかわりがなく、普遍的な関係に結びついてコトバの意味が存在しているということは、言語表現の著しい特性のひとつである（たとえば、三浦つとむ『日本語はどういう言語か』参照）。

さらに、わたしたちは、言語表現のいちじるしい特性を、感覚的な形象は、無限におおくの言語表現を可能にする、という側面からも問題としなければならない。たとえば、野原に白い花がいちめん咲いている光景を視たとする。ある者は、ただそれを「クローバ」と表現するし、ある者は「白い」と表現し、ある者は「たくさん」と表現し、あるものは「美しい」と表現し、ある者は、「いい匂いがする」と表現する。この可能性は無限であるということができる。あきらかに、視覚的な対象としては、同一のものを前にして、無数におおくの言語表現が成立する。いいかえれば、言語表現は、感覚的な形象を、無限におおくの関係の側面から把握し表現することができるという特性をもっている。

言語表現の意味が、感覚的な形象と一義的にむすびつかず、ただ普遍的な関係にだけ結びついており、また、感覚的な形象は、無限におおくの言語表現の意味とむすびつくことができるという、言語表現と感覚的な形象との関係が、喩法の成立する本質的な理由であることは、あきらかである。

したがって、わたしは、ここで、喩法をピエール・ギローのように修辞学的に分類することをやめて、ただ、感覚喩、意味喩、概念喩の三つにわけなければならない。直喩とか隠喩とか寓喩とかいう分類は、喩法の本質論からは、あまり意味がなく、表現類型としてのみ意味があるとかんがえられるからである。言語の感覚、意味、概念のあいだに、たくさんの対応が成立するため、そこに喩法が成立するのである。

(1) 運命は
屋上から身を投げる少女のように
僕の頭上に
落ちてきたのである

(黒田三郎「もはやそれ以上」)

(2)美しく聡明で貞淑な奥さんを貰ったとて
飲んだくれの僕がどうなるものか
新しいシルクハットのようにそいつを手に持って
持てあます
それだけのことではないか

(黒田三郎「賭け」)

(3)きみの心のなかには
先月の部屋代や
月末の薬代が溜まっていたので
ちょっとした風圧にも
きみの重心は崩れてしまったのだ

(木原孝一「コンクリイトの男」)

これらの直喩や暗喩は典型的に意味喩である。(1)は、運命がじぶんの身上をおとずれた、というまったく超感覚的な述意を、すくなくとも現実性のある述意でおきかえるために、「屋上から身を投げる少女のように」という直喩法がつかわれている。このばあい、直喩法は、意味の機能としてつかわれているのであって、感覚の機能としてつかわれているのではない。

いいかえれば、その直喩法で重要なのは、屋上から身を投げる少女の視覚的な形象ではなくて、失恋か生活苦か何か、いわば失意によって屋上から投身自殺した少女の行為の意味が、「僕」におとずれた運命の直喩法として成立しているのである。わたしが、ここで意味喩というのは、このように言語の意味機能の面によって成立する喩法をさしている。

(3)の場合は、あきらかにいわゆる暗喩であるが、滞納した部屋代や薬代が、おまえの心にかかってわずらわしていたという意味を、部屋代や薬代が心に溜まっていた、という暗喩法で表現しているので、「心が重い」とか「気にかかる」とか、「うれいがたまる」とかいう日本語のいいまわしを、部屋代や薬代がたまるという表現と対応させることによって成立している意味喩であるということができる。

このような意味喩がなぜ成立するかは、言語表現の本質にかかっている。たとえば、(1)では、じぶんにある不可避な運命的なめぐりあわせがやってくる、という思想的な意味の表現は、普遍的な関係としてとりだせば、屋上から投身自殺して落下してゆく少女とも、工事場で、突然落下してくる鉄槌とも、その他、類似の状態とも、意味としての対応性をもつことができるからである。

(1)靄は街のまぶた
夜明けの屋根は山高帽子
曇りガラスの二重窓をひらいて
ぼくは　不精髭の下にシガレットをくわえる

（北村太郎「ちいさな瞳」）

(2)かなしみの夜の　とある街角をほのかに染めて
花屋には花がいっぱい　賑やかな言葉のように

（安西均「花の店」）

(1)はいわゆる暗喩であり、(2)は直喩である。しかし、そのようなクラシフィケーションは、さして問題ではない。これらが、感覚喩であるところに、言語の本質とつながる喩法の意味が存在している。(1)において、「靄」と「まぶた」とは、言語の意味の側面からまったく何の関係もない表現である。したがって、意味の面からは、このふたつの表現は喩法を構成することはできない。それにもかかわらず、靄が、地面や家々のあいだを白くたれこめている視覚的な映像は、あたかも、上まぶたをとじる視覚的な形象と対応することができる。この詩人のなかで靄という言語表現の喚起する固有な感覚的形象が、「まぶた」という言語表現の喚起するこの詩人に固有な感覚的形象とたまたま強く対応していたため、このような喩法が可能となったのである。第二行のばあいも、まったく、同じである。「屋根」という表現と、「山高帽子」という表現のあいだには、意味の面からはまったく何のかかわりもない。したがって、意味的に喩法を構成することができないはずである。しかし、夜明けのまだうすあかるいだけの街の屋根屋根の視覚的な形象は、くろい山高帽子の形象と対応性をもつことができるため、このふたつの表現のあいだに喩法が成立しているのである。

第二行の夜明けの屋根と山高帽子のあいだの喩法は、ふたつが形象をすぐに喚起するため、常識的に誰にでも可能な喩法であるということができるが、第一行は、「まぶた」という表現が形象的な名詞であると同時に、まぶたの母というように、ある非形象的な情感をも二重化した表現であるため、この詩人の独特な精神体験や記憶とむすびついた固有のものであるといわねばならない。

(2)の場合では、賑やかという形容詞（形容動詞ということもある）と、花がいっぱいのいっぱいという副詞とが、ともに量指示の言語であることからくる意味喩ともかんがえられないことはない。そのばあいは、「賑やかな言葉」というのは、多弁とか饒舌とかいう意味に解されなければならない。わたしが、この直喩法を感覚喩としたのは「賑やかな言葉」という表現を、賑やかな場所（レストラン、盛り場の街路等）で、てんでに行われている大勢の人間の会話、という視覚的な形象を喚起する表現と解し、それが、花屋の店先にいっぱいに投げ入れてある花の視覚的な形象と対応すると解したからに外ならない。このような解釈をとるのは、その前に、「かなしみの夜の……」という表現があって、孤独な精神状態にお いて、花屋の花を、賑やかな言葉のように感じたことが暗示されているからである。このようにして、感覚喩は、ひとつの言語表現の喚起する感覚的形象が、ひとにより無数に異なることができるという言語の本質に根ざして成立しているということができる。

(1)ぼくがぼくの体温を感じる河が流れ
その泡のひとつは楽器となり
それを弾くことができる無数の指と
夜のちいさな太陽が、飛び交い
ぼくのかたくなな口は遂にひらかず
ぼくはぼくを恋する女になる

（清岡卓行「セルロイドの矩形でみる夢」）

修辞学的な分類によれば、「ぼくがぼくの体温を感じる河が流れ」、「その泡のひとつは楽器となり」、「夜のちいさな太陽が飛び交い」などは、暗喩法を構成している。また、わたしがここで提出している暗喩論によれば、感覚喩を構成している。しかし、これを暗喩と解しても、感覚喩と解しても、喩法構成に何らの必然性もないのである。いいかえれば、暗喩または感覚喩と解するかぎり、この表現は、失敗した喩法とでもいうよりほかにない。しかし、あきらかに、これらの喩法をまじえた詩の書き出しの一節は、感覚的な持続と転換の表現として、かなり成功したすぐれた表現である。

この詩のばあいの喩法のように、感覚喩としても、意味喩としても必然的な構成をもたないが、持続性の関係において喩法としての必然をもつものを、わたしは、かりに概念喩と名付けたいとおもう。概念喩は、なぜ言語表現において成立するのであろうか。おそらく、この問題が、詩の喩法論として最後の問題である。

一般に、わたしたちの内部世界には、現実の対象が、概念として把握されている。この概念を、内的な言語とよぶものもあるが、言語というのは、表現されたコトバをさすもので、内部世界に存在する概念をさすものではない。この概念として把握している現実の対象の特性を、表現行為を通じて外化するとき言語表現が成立する。ところで、表現行為という意識的な作業を、できうるかぎり自働化して、内部にある概念そのものを、できうるかぎり保存して外化しようとこころみたとき、どういう表現が成立するだろうか。この問題は、シュル・レアリストたちをとらえた表現上の問題点であった。

この場合、言語表現は、その意味の機能も、感覚の機能も、時間的統一性をうしなうことはいうまでもない。その表現は、意味構成にも、感覚構成にも必然性をもたないが、あきらかに、現実の対象を概念としての統一性において表現することができるはずである。したがって、そのような作品は、意味をたどることも、感覚をたどることも、持続的には不可能であるが、概念としての統一性をたどることは可能となる。

この詩(1)の場合、詩人の体温のような温い水の流れている河という表現には、意味や感覚表現としての必然性はないが、意味や感覚そのものは、概念性として存在しているため、一旦、その河の流れに観念移入すれば、そのなかで、泡のひとつが楽器になるという喩法が、概念的な必然性をおびることになる。このようにして、「ぼくはぼくを恋する女になる」という表現も、言語表現としての感覚と意味との統一性をもたないにもかかわらず、内部世界にある概念としては、感覚と意味との統一性をもっているということができる。このように、意味喩としても、感覚喩としても必然性をもたないにもかかわらず、概念の直接表現として必然性をもつ喩法を、わたしは、ここで概念喩とよびたいのである。

3

いうまでもなく、文学的な表現においてわたしたちは、感覚喩、意味喩、概念喩以外の喩法にであうことはない。ことに、散文作品では、概念喩があらわれることさえ稀である。わたしは、直喩、隠（暗）喩、寓喩、換喩というような修辞学的な分類をかならずしもしりぞけるものではないが、とくに修辞的分類と次元のちがった感覚喩、意味喩、概念喩というような区別を採用したのは、この区別が言語表現にとって本質的なものであると考えるからにほかならない。

実際の詩作品のなかで、わたしたちが直面する喩法は、この三つにすぎないが、それにもかかわらず、これらの喩法は、しばしば、相互に重層化されてあらわれる。また、しばしば、感覚喩と意味喩とは未分化のかたちであらわれる。

(1)葬列のように
ゆるやかに
無数の黒い小さな蝙蝠傘が

流れてゆく

（黒田三郎「白い巨大な」）

ここで、「葬列のように」は、ゆるやかに、にかかる感覚喩であり、無数の黒い小さな蝙蝠傘は、人の群の感覚喩である。それにもかかわらず、このふたつの喩法は、無関係に独立しているのではない。さきに「葬列のように」という喩法があるため、「黒い」という形容が、「葬列」の意味とつながり、また黒い小さな蝙蝠傘の、のろのろした移動が葬列を連想させるものとして成立している。このようにして、ふたつの喩法は、それぞれの感覚喩としての性質を相乗化するように影響しあっている。

(2)どこか遠いところで
夕日が燃えつきてしまった
かかえきれぬ暗黒が
あなたの身体のように重たく
ぼくの腕に倒れかかる

（鮎川信夫「淋しき二重」）

かかえきれぬ暗黒は、それ自体が感覚喩であるが、「あなたの身体のように」は、「暗黒」の意味喩を形成し、また、「かかえきれぬ暗黒が→重たくぼくの腕に倒れかかる」は、暗喩的な意味喩を形成している。

(3)ひとつのこだまが投身する
村のかなしい人達のさけびが
そして老いぼれた木と縄が
かすかなあらしを汲みあげるとき
ひとすじの苦しい光のように
同志毛は立っている

(谷川雁「毛沢東」)

この詩などは、意味喩と感覚喩とを重層化した表現の典型である。「ひとつのこだまが投身する」は、それ自体が感覚喩であり、しかも、次の行「村のかなしい人達のさけびが」の意味喩ともなっている。「老いぼれた木と縄」は、意味喩であり、「かすかなあらしを汲みあげるとき」は、それ自体が意味喩でありながら、前行の老いぼれた木と縄の感覚喩をも形成している。「苦しい光」は、意味喩であると同時に、「ひとすじの苦しい光のように」は、次行の「同志毛」の感覚喩を形成している。

(4)二十世紀なかごろの　とある日曜日の午前
愛されるということは　人生最大の驚愕である
かれは走る
かれは走る
そして皮膚の裏側のような海面のうえに　かれは
かれの死後に流れるであろう音楽をきく

（清岡卓行「子守唄のための太鼓」）

この作品で、皮膚の裏側のような、は、海面の意味喩を形成していることは、いうまでもない。そして更に、「そして皮膚の裏側のような海面のうえに　かれは／かれの死後に流れるであろう音楽をきく」は、全体として概念喩を構成しているのである。この二行が概念喩であることは、何人によってもあきらかであろう。なぜならば、これは、意味喩としても感覚喩としても、構成的な必然性はないが、概念の表現としての感覚と意味との統一性をもっているからである。

現代詩人のうち、黒田三郎、北村太郎、清岡卓行、谷川雁などの詩人は、喩法の宝庫である。しかし、喩法そのものの意味をかんがえるとき、喩法の宝庫である詩人は、すなわち優れた詩人であることを意味するものではない。これらの詩人の詩が優れているとすれば、喩法の重層化の過程で、これらの詩人の人間的な全内容が格闘を強いられ、詩表現のなかに投入されるため、それをふくめて、優れた詩（詩人）か、いなかが決定されるのである。いい詩かわるい詩か、いい詩人かわるい詩人かは、技法によって決せられるものではないという意味は、技法を駆使する表現過程で、必然的に詩人の全人間内容が投入せられざるをえないということにほかならない。技法的に単純であるようにみえる詩人の詩が、すぐれた複雑な作品として自立することがありうるのも、また、このような理由によっている。さらにすぐれた作品はすぐれた社会的価値をもつものであるかどうかという問題があるがそれはまた自ら別個の課題にぞくしている。

なぜ書くか

わたしはなぜ文学に身を寄せてきたのだろうか？　わたしはなぜ一般に文学とよばれている対象のほかにも表現を移したりしながら、〈書く〉者であることをやめないのだろうか？表現者（書くもの）という位相は、なぜ個人の内部で存続しうるのだろうか？

かつては、わたしもこの種の問いかけをじぶんに課すことを知らず、ただ知識にたいする欲求や感性的な解放だけをその都度味わいながら、無意識に〈書い〉ていた。もっと初期にさかのぼれば、わたしは自己慰安のため〈書き〉、うっとりとしていた。文学はわたしにとってにがくはなかった。もちろん甘美なことはなかったが、他者からみれば甘美にみえたにちがいない時期をもっていた。

しかし、ここ数年来、なぜ文学に身を寄せるか、なぜ〈書く〉かという素朴な問いをじぶんに発するようになった。おそらくわたしは、わたし自身に復讐されているのだ。あるいはわたし自身の思想のプリンチープに復讐されているのだ。わたしはまだ若年のころ、戦争のさ中にわが文学者たちの〈書くもの〉にむかって、あなたはなぜそんなことを書くのか、本心から書くのか、思想の伝染病にかかりやすいために書くのか、世すぎのためにどうしても書かざるをえないのかと執拗に、もちろん沈黙のうちに問いかけた。そして、わたしなりにわが文学者たちに等級をつけたり分類したりする基準をこしらえあげていた。まずこの基準のうち、第一原理は、かれの書くものに、かれにとって如何なる必然的な契機があるか、ということであった。そして、かれが、どんな現実思想をもつかということではなかった。この基準は生活者である読者にとっては重たい根拠をもっていることをわたしは体験的に知っている。この第一原理にしたがえば、保田与重郎は、亀井勝一郎や浅野晃よりも等級がはるかに上であった。小林秀雄は中島健蔵よりはるかに上であった。横光利一や太宰治は徳永直よりもはるかに上であった。そして一般に従軍文学者よりも兵士となった大衆や生活者ははるかに上であった。

ここ数年来、もっと詳しくいえば一九六〇年以来、わたしは、わたしが戦争のさ中に読者としてわが文学者たちに問いかけた課題を、わたし自身に問いかけることを強いられたといえる。そして、わたしはなぜ文学に身を寄せるのか、なぜ〈書く〉かという疑問にふたたび回帰した。この問いかけは、必然的に〈書く〉ことよりも〈書かない〉ことの世界が重要さをもって迫ってくるように出来上っている。しかし、わたしは戦争のさ中におけるように、文学を愛好し手すさびに自己慰安のために何か書いていたといった位相で〈書く〉という世界に等級をつけることはできない。なぜならば、わたし自身が〈書く〉という世界にすべりこんでいるからである。わたしの等級づけの基準は、こんどはこうならなければならない。かれの〈書く〉ものは、かれにとって如何にして〈書かない〉ものの世界に拮抗する重量と契機を獲取しているか？　そして、わたしの〈書く〉ものは、わたしにとって如何にして〈書かない〉ものの世界に拮抗する重量と契機を獲取しているか？

この種の問いかけをじぶんに課してみるとき、いつも襲ってくるのは名状しがたいある困難さと、当惑と、のめりこんだものの仕方なさのようなものである。そしてこの名状しがたいものは、試みに表層だけで受けとめて単純化すれば、二つの系列に分解することができよう。ひとつは自己資質、もうひとつは習慣である。文学において自己資質という概念が通用するのは、表現者という位相より遙か以前の初期にあるもので、しかもこの概念は、書くという作業のはるか以前にじぶんの内外では路を絶ってしまう。

自己資質という言葉が、ぴったりとあてはまったあの無償の〈書いた〉時期は、わたしにとっても、わたし以外のどんな表現者にとっても、遙かな遠い以前の痕跡である。少年の日に家の前のにわとこの芽ぶきに純粋視覚を投入し、あるいは透明な時間をそこに滞留させたり、大風のあとの街中で、晴れて雲の刷かれた空と、その下の貧しい木造の屋根屋根とを情感によって放視することのできた時期のことである。つまり、わたしが、すくなくとも瞬間的には外界とまったく隔絶された世界を幻想として所有しえたとき、その世界はあきらかに自己資質であった。人間は生涯のこの時期には、昨日友人とささいな諍いをやったことが、世界の滅亡よりも重たく心に懸っていたり、行きずりの少女に惹きつけられたことが、この世で至上の快楽であったりというような倒錯を平然とやって疑わない。それは独自の価値観が支配する世界であり、ほんとうは二度とその世界を内在的にうかがうことは、じぶん自身にも、また外部からもできないものである。

しかし、このような世界は手易く喪われる。そして習慣の世界がやってくる。わたしのかんがえでは、このような意味での自己資質は、少年のある時期に〈書く〉者にとっても〈書かない〉者にとっても共通のもので、したがって文学とはかかわりのないものである。文学は、あきらかに習慣の世界が心を占有したときに、はじめて完全にはじまる。そして、人はだれでも自己資質の世界が喪失する過程よりも、〈書く〉という習慣の世界がかろうじて早くやってきたとき表現者になり、ややおくれてやってきたとき表現者でないのではないか？

この意味では、表現者とその作品の世界（文学）は、ただ偶然の世界としてあるにすぎない。わたしは、わたしの偶然から始まった世界にたいして、どんな理くつをつけることもできないだろう。

ただ、こういう問いをふたたび発することができるだけである。

自己資質の世界が崩壊するよりもほんの少し前に、〈書く〉ということの習慣の世界がわたしに訪れたのは、どんな契機によるのだろうか？　そして、このとき喪失してしまった自己資質の世界は、いったいどんな変容をうけて習慣の世界にはいりこむのだろうか？

はじめの問いにたいして、わたしはつぎのようなことだけは確信できる。わたしは、そうしようとおもって文学の習慣的な世界に滑りこんでしまったのではない。わたしの戦後に小さな希望の世界があったとしたら、ひとりの化学技術者として、ごくふつうに大部分の時間は不満で、化学実験に従事しているときだけは、そのなかに這入りこんで不満を忘れているといった日常生活に従い、ひとなみに遊び、愉しみ、生活をくりかえすことを望んでいたのだ……と。しかし、現実のほうは、はたしてそれを許さなかった。現実はわたしの生存している環境、性格形成の奥の奥まで暴きたてずにはいなかった。わたしは、追いたてられ、わたしの戦後の小さな希望を根こそぎにするまでその暴威をやめなかった。わたしは小さな希望の世界をすてた。わたしはこの世界と激突するよりほかに幻想の世界が住みつく場所を見つけることはできなかった。

〈書く〉という不断の習慣の世界は、こうしてわたしにやってきた。つまり、文学の世界がわたしにとってやってきた。わたしの喪失した自己資質は、ここで拡大されて世界と激突するという幻想の世界に変容され、習慣的な〈書く〉という世界に這入りこんだ、とおもえる。わたしは、日常のある日に、突然、文学というものは生きて生活を繰返し、妻子をもち、生涯のおわりまで職業的人間の場所を離れないでは生きることができない、そんなこの現実世界の成り立ちの根拠を認めるかぎりは、成立不可能なのではないかという自問自答がやってくることがある。その都度ひどく重たい名状しがたい心の状態におそわれる。〈書く〉という幻想の世界を習慣として受容しているうちに、やがて幻想の世界は無限大に膨れあがり、わたしはじぶんが人間以外の醜怪な化物になってしまっているのではないか。試みにこれは実際に体験することもできる。わたしは不用意に、幻想の世界の火照りをさまさないで電車に乗りあわせ、買物にでかける。するとそこで出逢う人々は、わたしとまったく変らない見かけをもっているのに、そこで交されている会話は何か不可解で、這入りこめない遠い別世界のようにおもわれたりする。わたしは、おもわずはっとして醒める。わたしは覚悟をつくり変え、そして生活者の世界に何気なく這入りこむ。するとこんどは〈書く〉という世界は、はるかに遠くわたしがその世界に従事する必然はなんにもないようにおもわれてくる。

文学の世界は、どこまでもそれをつきすすんでゆくと、結局はじぶんの生活の世界、したがって生存の世界を破るのではないかというかんがえを捨てることができない。しかし、それにもかかわらず、わたしは〈書く〉という習慣の世界に身を寄せ、日常生活を繰返し、けっこう暇をみつけだしては遊び、物を喰べ、明日はもう食えなくなるのではないかとか、明日はちょっと物質的に救われるのではないかという小さな希望や絶望を点滅させ、また、あたかもこの現実世界が強固な政治体制のなかに構築されており、それゆえにこの世界の体制は政治的に打破されなければならないのだという理念を、疑問の余地ない強固なものとして提出したりしている。

こういうわたしの生存のわたしの文学にたいする関係の矛盾は、〈書く〉という習慣の世界における〈習慣〉の意味を変容させずには切りぬけられない。それは、あたかも習慣のように繰返される日常生活の意味を変容させる課題と似ている。わたしは、きっと、文学の世界に身を寄せても文学者の世界に身を寄せることはもっとも少ない人間であるとおもう。また、思想の世界に身を寄せても、思想者の世界に身を寄せることのもっとも少ない人間である。また、職業の世界に身を寄せても職業者の世界に身を寄せることのもっとも少ない人間であるにちがいない。しかし、日常生活の世界に身を寄せえても、日常生活者の世界に身を寄せることのもっとも少ない人間であろうか。この最後の場面でわたしはいくらか努力の感をもふくめて日常生活者の世界に、もっとも多く身を寄せようとしているのではないか。ここで、わたしにとって日常生活の意味は必然的に転倒され、変容されなければならないという思想的課題に直面する。大衆の意味はここでもわたしに導入される。

習慣の世界は〈書く〉であれ〈生活する〉であれ、思想的にはある固定化された死物の世界としてかんがえられている。じじつ、わたしたちがわたしたちの行為と思想に早急であるとき、それは手ばやく片づけられたうえで、そこから脱出すべき世界の別名にほかならない。どこへゆくのか、それが欲求している真の状態なのかは判然としなくても、習慣の世界は、一刻も繰返されるべきではない嫌悪の世界である。しかし、このような状態にあるとき、習慣の世界の彼岸には、どんな世界も存在しないのだ。わたしたちは逃れようとしながら依然として習慣の嫌悪すべき世界のほかに、どんな世界も実在しないことを識るほかはない。こういう行為と思想の状態で、救済はただひとつ夭折ということである。

夭折というのは、たとえ偶然のまったく外発的な事故死によるばあいでも、わたくしたちにひとつの完結した生涯の感じを与える。啄木や透谷が、龍之介や中也や道造や太宰があたえるものはこの完結の感じである。また、文学者でなくて、身辺のごく親しい友人の夭折のばあいをかんがえても、この完結の感じはほとんどかわらないのである。それは短い生誕と死亡のあいだが、いかにもこまやかに詰っている感じである。啄木や透谷が、あるいは龍之介や中也や道造が、あれ以上生きていてもとうていすでに若年のうちに創造してしまっていた世界以上の世界を創造したとはかんがえられない。かれらは一様に、それ以上生きていたら、どこにでも珍しくない成熟した凡庸な文学者と同じところに、しかもやっと到達した感じで到達してしまうのではないかと感じられる。また文学者を例にとらなくても、夭折した近親や知人を想いうかべてさえ、どこかにこの完結した異質さを感じさせるものがある。

夭折にたいするこの感じの共通性はどこからやってくるのか?

わたしには理由はただひとつのようにおもわれる。人間はすべて習慣ににた生存の世界を大なり小なり否定と嫌悪をもってみており、これが夭折者にたいしてせん望や及びがたい異質さの感じとなって反映するのではないかということである。たとえ、人間は日常は生きていることは死ぬよりもいいことだと安堵し、それを享受していても、夭折者には一種のせん望や及びがたい異質の感じを潜在的にもっているはずである。どんなに否定し嫌悪しようとも依然として生存することは、おそかれはやかれ習慣の世界に身を寄せることである。〈書く〉ということも、もしそれが持続の問題としてかんがえられるならば、習慣の世界のほかなにものでもない。

わたしは文学に愛着も嫌悪ももっていない。わたしの〈書く〉ものについてもまったくおなじである。本質的な意味でわたしが愛着したり嫌悪したりしているとすれば、文学一般についても〈わたし〉の文学についても〈書く〉という習慣の世界以前に書かれた初期のものについてだけである。〈書く〉ということは、わたしには耐えるということと同義である。そして時とともに、わたしは耐える力を増大し、さまざまの体験や探求の結果を耐える世界に導入することを覚えこんでいるようにおもわれる。

この世界の空気を大きく吸いこみ、強く吐きだすという形はしだいに影をひそめ、この世界の空気を小刻みに吸いこみ小刻みに吐きだすのだが、わたしが覚えこんだことは、吐く息は、おわりのほんの少しを懸垂状態のままにして、つぎの吸いこみに接続するという方法である。このことは、おそらく生存することの辛さの感じと対応している。そして、きっとそのために、わたしはわたしの〈書く〉ものについて峠をこしたとか、完成されたとかいう感じをもったことはなく、いつも過渡状態にあるような懸垂感しか覚えたことはない。しかし、わたしは一九六〇年以後において、この耐えるという世界に積極的な契機を与えようとしてきた。わたしの想定している大衆の原型は、まさに耐えるという意識すらとうの以前に無意味になったところで生活を繰返している存在を指すからである。そしてこの存在に拮抗しうる〈書く〉という幻想の世界は、耐えるという意識を無価値化するところで持続される作業のほかにかんがえられないからである。〈書く〉ことの空虚さが身に泌みる場面に当面すればするほど〈書く〉ことをやめるな、〈書く〉ことがおっくうであり困難であるという現実情況が身辺にも世界体制にもあればあるほど、じぶんの思想と文学の契機を公然と示すようにせよ、逃げることによって困難な状況をやりすごし一貫性を見せかけるな、これがわたしのわたし自身に課している公準である。

だが、つぎのような問いはなおのこるだろう。

わたしはどんな理由でどういうはずの経路を未来に想定しながら〈書いている〉のか?
わたしの〈書く〉ものは、わたしをどこへつれてゆくはずだとひそかにかんがえているか?

想定すること、かんがえることは、そのまま実現されることはありえないという前提をもとにしても、なおこのような問いは切実なものとなりうるだろう。この世界に現実に生存をつづけることは〈耐える〉ことであるように、〈書く〉という世界をずっと歩むことは、その世界に耐えることだ、だから何のために、何を想定して〈書く〉かという問いの以前に、〈書く〉という行為はすでに存在していると答えることは、このばあいいわば受動的であるだけだ。

ひとは自己の解決しうる問題のみを提起するという巨匠の言葉を想起するまでもなく、すくなくともわたしが〈書く〉という世界のなかで想定し、その根拠をかんがえることは、その世界がわたしにとって解決しうるかにみえる経路と、その根拠を残しているということを前提としている。そして、この前提は、わたしたちの文学の情況や現実の情況がわたしに誘いかける餌であり、いくつも向うがわから誘惑する声である。

わたしは、じぶんを偉ぶってみせる必要はない。〈書く〉という世界で、わたしは人並に文学者の戦争責任について論じ、若年のころ影響をうけた高村光太郎について一冊の書物をつくり、文学の習慣の世界に足をふみ入れた。そして、同時代の文学作品について時評めいた文章を書き、〈書く〉世界でときとして文壇現象につきあってきた。あまりつきあい上手ではなかったとしてもその世界に片足くらいは踏み入れ、味気ない匂いを、うなぎ屋の店先を通りぬけるほどには嗅ぐことができた。しかし、そういう行為でわたしの〈書く〉という世界の根拠と経路の未来像とを総体として測られたら、わたしの文学は不服をとなえるだろう。

ことに一九六〇年以後のわたしは不服をとなえるだろう。

一九六〇年以後において、わたしの〈書く〉という世界を誘惑したのは、この世界には思想的に解決されていない課題が総体との関連で存在しており、その解決はわたしにとって可能である問題を提起しているようにみえたという契機であった。わたしの〈書く〉という世界は変容し、〈時間〉との格闘に類するものとなった。わたしの〈書く〉という世界に無関心でありながら、ただ攻撃するためにとりあげる愉快な人種と、ときとしてある月一冊の月刊雑誌を拾いよみしそれをつぎの瞬間には投げだして忘れてしまうといった、まったく健康な読者とは、わたしの内的変容に気付かなかったろうし、見当を外れた攻撃を加えてくる場面にも遭遇した。わたしたちはだれも自己以外のものに自己の理解を求めることはできない。それは許しがたい傲慢である。釈明することは一切無駄なことである。衝かれるような〈虚〉を内部にのこすことは表現者にとって恥辱である。一九六〇年以後において、わたしは一服の煙草を吸い、余暇には遊園地や動物園にゆき……ということとおなじ余裕をもってしか、これらの人種や読者につき合ったことはない。わたしは、この世界にわたしが解決可能なようにみえるという課題にむかうかぎり、いつも余裕がなかった。わたしは〈時間〉と格闘し、その格闘において身をけずりとられてきたとおもう。〈わたしに残された生!〉という感慨をあるときふと思いうかべたりするほど、わたしは老いぼれてはいないし、〈わたしに残された生！〉という焦慮にのたうちまわるほど若年でもない。ただ、〈わたしに残された未踏！〉という思いは静かな緊迫した時間のうちに、わたしの〈書く世界〉を、ときとして訪れることは確かである。すでに、そこでだけわたしは本来的である。しかし、わたしが喰い、生活の資をもとめ、日常生活を繰返しているのが事実であるように、これからもわたしの敵やわたしの優しい知友や、わたしと余裕をもてるほど隔った文学現象の世界ともつきあってゆくだろう。

言葉の根源について

今日は言葉の美ということ、つまり言葉の表現が、なぜ美を成立させるのかという、たいへん基礎的な問題についてお話したいとおもいます。すべての〈存在するもの〉が、それに固有な〈時間〉と〈空間〉の様式をもつものとすれば、言葉の表現もまた、表現に固有な〈時間〉性と〈空間〉性を獲て成り立っているとみることができます。そうだとすれば、言葉の表現に固有な〈時間〉性と〈空間〉性の性格をはっきりさせることから入ってみなければなりません。一般的にはまず意識の〈時間〉というものが、すぐにかんがえられます。これはまた、すぐ体験もできるわけです。例えば、仲の良い友だちや恋人同士で話をしているといつの間にか二、三時間たってしまったという体験は、たれにでもあるでしょう。そのばあい、ほんとうは自然時間としては二、三時間経過しているのに〈あっという間〉だと感じる、その時間体験が内的意識の時間体験のひとつです。ところで、言語表現の〈時間〉性というのは、内的意識の〈時間〉とも、自然〈時間〉ともまたちがうものです。それはどういうふうに体験できるかと云いますと、例えばモーパッサンの『女の一生』には、なにはともあれ一人の平凡な女性が、平凡な事情で結婚して、そして年をとっていくという物語が、よく描かれています。お読みになった経験のある人なら解るでしょうが、あの作品は若い娘が男性について、また結婚生活について知らず知らず抱いている空想がやぶれて、ごく平凡な男性観や結婚観にいやおうなしに馴染んでゆき、じぶんも知らず知らずのうちに子どものことにかまけて老いて平凡な女になってゆく過程が、いかにもありそうに描かれていて、ほんとうは、自然時間としては、二、三時間もあれば充分読めるのですが、なんとなく、一人の女性の一生を体験したような感じを——すぐれた作品のばあいはいつもそうですが——受けます。このとき体験する〈時間〉性が内的意識の〈時間〉性とも自然〈時間〉ともちがう言語表現の〈時間〉性だとみればよいとおもいます。

言語表現は、一人の創作者がつくった言語表現に従って、それを追体験していくわけですが、その体験の仕方の中で、まさに自然〈時間〉では二、三時間で読めるのに、なにか一人の女性の一生なら一生を体験したような、いわゆるフィクションの体験ができるのです。そしてこのばあいの〈時間〉性は、自己の意識的〈時間〉性とも、自然〈時間〉ともちがいます。このちがいの根源は、作者の言語表現の〈時間〉性にわれわれが依存するためで、読むほうは、それにできるだけ近づく形で、それを体験していくということだとおもいます。森本薫に、同じ題名の『女の一生』という戯曲があって、文学座で杉村春子が、娘時代から晩年までを演じていますが、ぼくらは演劇について素人だからこういうことを云うわけですが、若い女優さんが、可能性としてこの年寄りを演じるときのほうが、『女の一生』みたいなものは演じやすいのではないかとおもうのです。つまり、実際に年をとったことがないわけですから、そこはフィクション、あるいは想像力で補って演じることができますが、婆さんが娘時代から年寄りまでというばあいは、多少なりとも自己体験があるので、それに制約されてしまってかえってやりにくいのではないかなとおもうのです。だから世阿弥は、年をとったらすぐれた脇をやれと教えているのでしょうし、それはおそらく文学でも同じことで、じぶんの個性が花開いた時期をすぎてなお〈花〉を表現したければ、抑制された演技や、立場で、脇を演じると、ほんとうの意味ですぐれた芸ができるとおもいます。言葉の表現の〈時間〉性は、人間の意識内の〈時間〉性とも、それから自然〈時間〉ともちがう独特な位相を占めるものだと云えます。そこに言葉というものの〈時間〉性の特殊さ、独特さが表れるのです。

まったく同じような意味あいで、言語表現の〈空間〉性をかんがえることができましょう。

言語表現の〈空間〉性とはなにかと云いますと、一つは、自己あるいは個人が表現した言葉の意味のひろがり、いわば先ほどの内的意識の時間性と同じような意味あいで、主観的な、あるいは内的なひろがりとかんがえることができます。言葉というのは、一般的に、バカと云えばたれにでも通じるわけですが、しかし、その云い方の中にその人の内部に固有な意味があるようなばあい、そのときの意味のひろがりを、いわば言語の〈空間〉性と呼ぶのです。もちろんバカはたれが云ってもバカだ、ということはあります。つまりそれが言葉というもののの共通性——ぼくらの云い方では、共同規範と云うのですが——共同規範としての言葉のひろがりなのです。ところで、言語表現の〈空間〉性というのは、〈時間〉性のばあいと同様に、内的意識から主観的に発せられた言葉の意味あいや響きのひろがりとも、自然な意味のひろがり——つまりバカと云えばたれにでも通じるというような意味あいのひろがり——ともちがうのです。つまり、主観でもなければ、客観でもないのです。では、そのばあいの言語表現のひろがりとは一体なにかといいますと、ある人間にとっての〈受け入れの仕方のひろがり〉だと云えるでしょう。比喩というものをかんがえてみますと、このひろがりのちがいを理解するのに、一番いいんじゃないかとおもいます。例えば〈クレオパトラのような鼻〉と云うとき、云いたいことは、ただ〈鼻〉ということだけです。しかし、〈クレオパトラのような〉をつけた鼻は、ある特有なひろがりや響きを与えるわけで、そのひろがりを、言語表現の〈空間〉性の一つの例だと理解したら、解りやすいのではないでしょうか。もう一つ、そういう言語表現の〈時間〉性と〈空間〉性というものが、いずれにせよ主観的な意識の中の〈時間〉性、〈空間〉性ともちがうし、また客観的な自然のもっている〈時間〉性あるいはわりあいに自然な概念としてもっている言葉のひろがりともちがうある独特なものなんだということが、ここで理解できればいいんじゃないかともおもいます。ここでただちに問題になるのは、言語表現における沈黙ということです。沈黙というと普通、なにも云わないで、ぼんやりしている状態、とおもわれがちですが、しかし、この沈黙も言語表現なのです。それは、皆さんのような芝居の世界ではおそらく〈間《ま》〉ということだとおもいます。つまり、せりふとせりふの〈間《ま》〉、動作と動作の〈間《ま》〉というものに匹敵するものです。それではこの沈黙を今まで述べてきた言語表現の〈時間〉性あるいは〈空間〉性という観点からかんがえると、どうなるでしょうか。これは、言語表現が独特にもっている〈時間〉性、〈空間〉性が、内的意識の〈時間〉性、〈空間〉性と、それから自然な〈空間〉性、〈時間〉性の二つに解体したものだと理解されたらよろしいとおもいます。いいかえれば、言葉が、独特の〈時間〉性、〈空間〉性を失って、主観的あるいは客観的に解体した状態が〈沈黙〉であるということです。

例えば死語というのがあります。死語とは、〈言語の沈黙〉の別名といってもいいですが、自然の〈時間〉性、〈空間〉性に解体した言葉だと云えます。ある言葉やせりふが陳腐に聞えるときは、だいたいその言葉なりせりふが死語だからです。それではなぜ死語は陳腐なのか。それは自然の〈時間〉性、〈空間〉性に従うから、つまり、バカという言葉が単純にバカという概念としてしか存在しないからなのです。だから、概念的な意味あいや、自然の〈時間〉性、〈空間〉性という意味あいでいくら言葉を使っても、それはなにもいっていないのと同じだということが、ありうるわけです。つまり、なにか喋言っていても、黙っているのと同じだとか、あるいはある長編小説を読んで、たいへん長いけれどもなにもいってないじゃないか、なにも感じさせないじゃないか、という作品もあるでしょう。そのばあいには、なんらかの理由で、言葉が沈黙としてしか、つまり死語としてしか使われていないのです。しかし、沈黙にはもう一つの解体の仕方があります。すなわち内的意識というものに解体するということが。そのばあいには、ある人がなにも喋言っていなくても、その人の意識の内部には、なにかあるのです。つまり、〈ある〉という状態があるのです。黙っていても、その人の主観的あるいは意識的な状態がわかるとか、表現されているとか、感じるばあいがあるでしょう。

そのばあいには、沈黙の言語が、内的意識の〈時間〉性、〈空間〉性に解体して〈存在〉しているからなのです。そこでは喋言られないが、しかしまったく無意味なのではなく、その人の主観や意識の内部はたいへん満たされていて、外からは、憶測するより仕方がないのですが、そこではなにか喋言られているのかもしれない、というような、そういう喋言り方がありうるわけです。おそらく〈間《ま》〉と云われるものもそういう状態をさしているのにちがいありません。これは文学作品のばあいでも、省略した書き方をしながら、しかしなにかを語りかけている状態というのがありますが、それはおそらく内的時間意識に、言語の〈時間〉性が解体し、内的意識のひろがりに、言語の〈空間〉性が解体している状態をさすのだとおもいます。次に問題になるのは、言語表現の〈時間〉性、〈空間〉性は、なにを根源にして出てくるのかということです。これが考え方の分かれるところですが、言語表現の〈時間〉性、〈空間〉性の根源は、〈身体〉の受容性、了解の仕方ということにあるとぼくはかんがえます。〈身体〉の器官のうちで、眼を例にしますと、例えばここに灰皿があります。そうするとまずその形は眼という感覚器官を通して受け入れられます。その受け入れ方の中に、〈空間〉性というものの根源があるのです。その受け入れの仕方について現代人でも原始人でも、そんなにちがいはないだろうとおもわれます。ところで、あらゆる感覚器官による受け入れというものは、すべてこれを〈空間〉性とかんがえることができるのです。だから、眼という感覚器官による対象の受け入れの〈空間〉性と、耳による音の受け入れの〈空間〉性とは、〈空間〉性としては同じです。ただちがうところはその受け入れの度合、あるいは尺度です。つまり度合とは聴覚的、視覚的、嗅覚的、あるいは味覚的受け入れのことです。そしてその度合が、おそらく〈空間性〉なのです。そしてこの身体器官の受け入れの仕方の〈空間〉性が、言葉における〈空間〉性の根源にあるものなのです。さて、ここに灰皿があって、これを眼が受け入れたとします。この受け入れたものを、今度は〈灰皿である〉と了解して、灰皿に対する眼の知覚作用というものが、完了します。このばあい、眼の了解作用は完了しますが、この了解の仕方が、おそらく〈時間〉性というものの根源にあるものなのです。つまり、了解の仕方が〈時間〉性であるというふうに理解できるとおもいます。だから、灰皿をみて――これは灰皿だなと了解したというところまで、眼の知覚作用の過程をかんがえてみますと、そこに、たいへんな差異が生じます。これは、時代的にもまた個人的にも生じるわけです。例えば、未開人の例をとれば隣の家の木にふくろうがとまっていて鳴いたので、その隣家の人間を殺してしまった。しかし、別に殺人罪に問われるわけではないというようなことがありえます。このばあい、ふくろうがとまっていることは、たれがみてもそう受け入れられるのですが、それをどう了解するかということが、たいへんちがうというところに問題があるのです。ふくろうは不吉な鳥であるという観念が、ある未開の種族を支配しているとすれば、かかる不吉なふくろうを、人にみえるところにとまらせて、人にきこえるところで鳴かせたことは、その家の奴を殺してもいいんだという了解の仕方になっていくわけです。この種のことは、未開人の自然観、人間観、社会観の中に一般的にありますし、また必ずしも未開人に限らず、現代人でもそういうことがありえます。つまり、受け入れのところでは、たれがみても、みえるものはその通りみえるのですが、眼の知覚作用全体の過程をたどっていくと、それをまったく別のものとして了解してしまうということは、現代人でもありうることなのです。人間の感覚器官はそういう錯覚を避けられるほど上等にできていないのですね。そして、この了解性に〈時間〉の根源があるとかんがえたらいいとおもいます。しかしながら、例えば山をみたら山としてみえることでは、誤らないのではないかとおかんがえになるかもしれません。しかし、太古の人間が、頂上が駱駝の二つのこぶみたいになっている山をみて、その山に、特異な宗教的意味あいや宗教的了解性を与えることがあります。このばあいは、こういう山を、二上山とか呼んだわけです。そしてここに祖先の死者が集っているんだというような意味を山自体に与えたのです。現在でも二上山というのが、奈良盆地にありますが、これは奈良盆地だけではなく、九州や関東にもあります。また、奥秩父には両神山と読ませている山があります。知覚過程の全体をたどってみると、太古の人と現代人では知覚作用自体がちがうということなのです。二上山を神秘なものとしてみた太古の人間と〈こういう山はこういう山だ〉とみる現代の人間とのあいだには、了解についてのある差異があって、これは、聴覚、味覚、嗅覚、すべての感覚についてもいうことができます。もう少し解りやすく説明しますと、いまいいました了解についての差異を、例えばアルファとします。千五百年前の人間が、そういう山をみたら、特に神秘的に目立った山だとかんがえたとします。そして現代までの了解の差異であるアルファをこの千五百で割れば――こういうことをやってはいけないのですが、わかりやすくするためにしますと――了解性の尺度という概念が出てきます。ここから了解性というのは、〈時間〉性であるという根拠がでてまいります。というのは、――ごく通俗的にいって――知覚の全過程で了解性についてかんがえたばあい、了解性自体に、千五百年前の人間と現代人とでは、あきらかに差異があると体験的に認められるからです。その差異はなにによるかといいますと、千五百年という長い年月のあいだに、人間はさまざまな体験や感覚のみがき方をし、現代的な感覚や現代的な知覚作用をもつにいたったのですから、この了解性の現代的な仕方のなかに〈時間〉が含まれているとかんがえるのが自然だからです。そうすると千五百年のあいだに、人間の〈身体〉の感覚器官が体験したであろう体験の蓄積が、その差異のなかに含まれ、それは、とりもなおさず千五百年の〈時間〉が含まれていることを意味しています。単純に通俗化していえば、そのように理解できます。それが、了解というものが〈時間〉の根源である所以です。このばあい、ほんとうは知覚の全過程で、受け入れと了解とを、区別することはできないのですが、しかしその過程を強いて区別しますと、そういうふうにいえるとおもいます。ところで、このばあい、受け入れの仕方のほうでも、おそらくその了解性の差異に影響されて、それ自体が受け入れとしてある差が生じてきます。それが、〈空間〉性というものの度合なのであって、そういう総過程の中ででてくる〈時間〉性と〈空間〉性というものが、なにはともあれ、言語表現における〈時間〉性、〈空間〉性の根源にあるものだとかんがえてくだされればよろしいとおもいます。では、この〈時間〉性と〈空間〉性の根源についてもう少しはっきり根拠つけられないかをかんがえてみましょう。このばあい、ある確からしさをもって根拠つけられるようにおもわれます。通俗的にいいますと、この確からしさは、じぶんが、自己の〈身体〉をどう受け入れどう了解しているかというところに求めるときに獲られるようにおもわれます。いま、じぶんが、視覚を行使してじぶんの〈身体〉をみたばあいをかんがえてみます。すると、じぶんはこういう身体つきをしているという外観はまずみわたしてすぐわかるでしょう。そして内部器官についても、知識としては、肺はこの辺にあって、胃はどういう形をしていてというようなことぐらいはわかるでしょう。しかしその見方は、例えば大昔の人間が、じぶんの身体をみたその見方、了解の仕方とのあいだにはあきらかに差異があります。先ほど述べたことと同様、この見方、受け入れ方、了解の仕方のちがいの中に、ある〈時間〉性と〈空間〉性が含まれていて、その〈時間〉性や〈空間〉性がじぶんの身体のじぶんにたいする関係の仕方自体に、あきらかに影響を与えます。つまりじぶんの〈身体〉にたいする関係の仕方が少くとも言語表現の〈空間〉性、〈時間〉性を最終的に規定している確かな〈座〉なのです。ただ最終的に規定しているということと、表現過程で規定される問題というのはまたちがうのですが、最終的に根源がどこにあるかが、どうしてわかるのかということは、じぶんがじぶんの〈身体〉をどう理解し、どう受け入れるかというある現代的な水準をかんがえれば、そこで理解できることだとかんがえられます。そこが、おそらく、言語表現の〈時間〉性あるいは〈空間〉性の根源にある問題だとおもいます。自然に対しても、また人間以外の対象に対する受け入れの仕方、了解の仕方も、まったく同様で、そういう対象はやはり人間の〈身体〉の延長だと理解すればいいとおもいます。

これだけのことを申しあげたうえで、それでは、言語表現が、美とか芸術性を成立させている要素はなにかを、お話したいとおもいます。言語表現の美をかんがえるとき、美は多種多様であるとか、美はたれがみても美であるという云い方があります。また、じぶんの主観的な精神状態や身体の状態によってもちがうとか、百人いれば百人とも美の感じ方はちがうんだという云い方も成り立ちえます。しかし、そういっていると、よくわからないうちに、問題がおわってしまうおそれがあります。しかしこれは少し基本的にいうと、簡単な要素でつかむことができるのです。この要素はなにかといいますと、〈韻律〉と〈撰択〉と〈転換〉と〈喩〉ということです。まず〈韻律〉とはなにか。例えば、「夕星のかがやきそめし外に立ち別れのことばみじかくいいぬ」これはひとつの短歌作品ですが、この言葉の意味だけでいいますと、夕方の星のかがやきはじめた戸外で、訪ねてきた人に、短く別れの言葉をいった、と書いてあるだけなのです。そうだとすれば、別にどうってことはないじゃないかということになるはずです。言葉の意味だけをとっていきますと、それだけのことしかいっていない。しかしそれでも、これが短歌作品としてある芸術性をもっているとすれば、その根源は、〈韻律〉にあるといってよろしいのです。〈韻律〉とは感性的な始原的言語です。そうかんがえるべきなんですよ。つまり、原感性的な言語のある表現の仕方、あるいは表現の〈時間〉

性、〈空間〉性が、〈韻律〉なのですが、そういうものが、概念通りのこの言葉以外のところで、包括されているということなのです。散文で書いたら、芸術でもなんでもないというものが、ある芸術性を感じさせる理由は、〈韻律〉がそこに関与していて、それが一種の相乗効果になっているということなのです。このことは、韻をもっている作品については、詩についても、浄瑠璃作品のようなものについてもいえるわけです。そのばあい、もちろん〈韻律〉と称する言語のもとみたいなものが、その作品自体にちゃんと参加しているということによります。次に〈撰択〉ということがあります。これもまた、例をあげてお話しましょう。衣更着信という詩人の「朝の環境」という詩の二行です。「間違った押韻のために石がきは詩行のように曲った／抽象の塵芥の燃えがらに朝の潮がさして来る」（衣更着信「朝の環境」から）。〈撰択〉とは、どういう言葉を選ぶかということです。言葉だけではなく、ある場面を選んで描くといってもいいですが、そういう選ぶことの中に、あきらかに美を成立させている要素があるということです。だから、どういう場面を選んだって同じじゃないかともいえそうですが、ほんとうはそうではなく、ある場面を選ぶことの中に、すでに美を成立させる要素があるのです。このばあいでも「間違った押韻のために」という言葉を、まずとにかく選んで、それを表現として定着したいということの中に——例えその選び方が偶然であれなんであれ、とにかく選んだということの中に——すでに美が成り立つ要素があるのです。おれだったらこういう書き方はしないというようなことがあるとおもいますが、書き方というのは千差万別でいいわけで、その千差万別さをつきつめていくと、すでにある言語表現の選び方をしたということ自体の中に、美を成立させる要素があるということにゆきつきます。同じことを別の言葉でいったと理解されてもいいのですが、次に〈転換〉ということがあります。例えば「夕星のかがやきそめし外に立ちて」という云い方があるでしょう。その次にどういう言語表現を選ぶかという可能性は、もちろん千差万別で、ある意味では無限にあるわけです。その無限にある中から、ともかく「わかれのことばみじかくいいぬ」という言葉を選んだ、これを〈撰択〉の面からみないで、〈転換〉という面からみますと、「夕星のかがやきそめし外に立ちて」といっておいて、その次になにをいうか、その次にどういうことがらを選ぶかということの中に、まず〈転換〉の最初の要素がすでに存在するのです。すると、それは千差万別ですから、無限に可能性がありうるわけですがこの作者は、今まで書いてきたことからの〈転換〉を、「わかれのことばみじかくいいぬ」としめくくったわけです。これは衣更着信の詩のばあいも同じで、「間違った押韻のために／石がきは詩行のように曲った」というふうに、次にどういう詩句をもってくるかは、まったく自由であり、千差万別なのですが、そこでどういう言葉を選んでどう〈転換〉したかという、仕方の中に、言語表現の美を成立させる要素が確実に存在するわけです。そして最後に、言語表現としては高度な問題ですが、〈喩〉ということがあります。例えば「石がきは詩行のように曲った」というばあいに、いいたいことは、石垣が曲っているということです。しかし「詩行のように」というばあい、これは直喩ですが〈喩〉を使うことによって出てくる響きがあります。本来的にはあってもなくても通じるのですが、「詩行のように」という〈喩〉を、そこに加えることの中に、言語表現の美を成立させている要素があるのです。それでは「間違った押韻のために」という暗喩はどういうことかくだくだしく説明しますと、漁村の海岸の風景で、石垣が粗雑で崩れかかったり、ひん曲ったりしながら積んである。そういう状態のことを、「粗雑な積み方をしているために」と云えば散文的ですが、それを暗喩で「間違った押韻のために」というような言葉を使っているわけです。しかし、その暗喩は、それだけでは生きないので、その後にくる「詩行のように」というまた別の直喩とつながることで、石垣が曲った状態にあるイメージを与えるようになっているのです。〈喩〉には、修辞学でいえば、直喩、暗喩、寓喩等たくさんあり、その使い方もさまざまですが、しかし根本的には簡単なことで、より多くのイメージを喚起する効果として使われている〈喩〉と、概念的な意味を付加あるいは強調するために使われる〈喩〉の二種類があるだけです。もう少しつけ加えれば「抽象の塵芥の燃えがらに」とあるでしょう。「抽象の」というのは、普通いう意味での暗喩ですが、ここではそんなことはどうでもいいのです。ただ、「抽象の塵芥の燃えがらに」というばあいの「抽象の」という〈喩〉の使い方は、海岸に打ち上げられている塵芥に、より多くのイメージを喚起するように使われているかどうかが重要なのです。「間違った押韻のために」という表現ももちろん同様です。さて、〈韻律〉、〈撰択〉、〈転換〉、〈喩〉という基本要素、これだけしか、ほんとうは言語表現、つまり文学作品の美や芸術性を成立させている要素はありえません。これ以上の問題が、言葉の表現について出てくることは、これから後もありえますが、現代文学についてかんがえるかぎり、その必要はないとおもいます。しかし、もちろん意識的にこういうものを組み合わせれば作品が出来るかどうかということはまた別問題です。創造体験には、なんら神秘的なことは含まれていませんが、創造体験は、頭よりもまず手であり、手を動かさなければ問題にならないことがあり、そして手を動かして書いたときに、はじめて出てくる問題がたえずあります。じぶんが創造者の立場にたてば、依然として原稿用紙の前に坐って手を動かしてみてはじめてわかることが、たえずあります。そういう意味あいでは、いま申しあげたことがすぐ創造に役立つことはありません。ただ言葉の芸術性は簡単な要素からしかできていないことを知るのは大切だとおもいます。批評の立場から言語表現に近づきうる限度は、おのずからあるわけで、その限度は、ある意味では全部わかりきっていていままで申しあげたことで全部いいきっているとおもいます。しかし、そのことと創造体験は、おのずからまた別問題です。批評が創造体験に近づきうる限度というところで、今日の話をおわりたいとおもいます。

詩魂の起源

吉本です。今日は、現代詩はこれからどんなふうになっていくのか、どう進んでいけばいいのだろうかといった類のことが与えられたテーマのようなんです。しかし、そんなふうなことは誰にも分からないので、一般的に文学の創作はそうですが、詩もまたその時にその詩人が一番関心のあることが、主題なりモチーフになって作られるという以外の原則は何もありません。また価値観からみましても、こういうものを表現した作品が一番価値があるんだとか、これは価値がないんだとかいう基準は何もないんだと思います。ただ、無意識にたくさんの詩人たちが書いた詩がある時代的なパターンを形成するかもしれないということはあるんですが、それはあくまでも結果的なことです。このへんのところが批評の陥り易い一種の罠で、これは批評家と言われている者が批評する場合でも、詩を書く人が批評をする場合でも同じです。

そこで付け加えて申しますと、ぼくはただでさえサブカルチャー風に現代詩を締めあげている男だという評価もあるくらいですので、詩がこれからどうなるかなんて言う心算は少しもありません。そこで、今日は考えたんですけど、結局、詩は過去にはどうあったかということをちょっとお話ししてみたいと思ってまいりました。過去にといっても、それは途轍もない過去でありまして、詩の発生的過去と言いましょうか、詩が発生する時にまで遡った過去に詩はどう考えられたかというお話です。詩を発生のところで考えた場合、まず詩とは何かということからはじめてみます。そのときには詩とは魂のある気配みたいなものを、よく察知すること自体が詩であると思われていました。これは言葉に表現する以前の段階で、ただ気配のようなものがあったとき、それを察知できるということ自体が詩の行為であると考えられていたと言えます。ここから始まりまして、言葉を使って他人に対して、あるいは対象に対して、自分の魂の在りかを附けてしまうことが、言葉が介入した以後の詩の表現でした。これは平安朝の末期頃までは、例えば恋愛の場合には、相聞という形で詩が存在した仕方なわけです。相聞というのは言葉を使って相手に自分を、とにかく無理矢理にでもくっ付けてしまう。つまり自分の心の在り所をくっ付けてしまうことです。ここらへんまでが多分、我々の歴史の中で、宗教的な感情、つまり仏教みたいなものが入らない以前における起源に近いところでの詩的な行為の上限と下限だと考えられます。これ以降の時期になりますと、別に本格的な宗教感情が入ってゆきまして、また別様な詩的様式になってゆきます。まだ我々が、自然な宗教的な感情はあっても、宗教としての宗教を持たなかった時代、詩とはなにかは多分そういうところに要約されます。

次に、それじゃあ詩の精神の原型はどう考えられていたのでしょうか。これには二つあると思います。ひとつはさきほど魂の在り所とか心の在り所と申し上げましたが、その魂とか心は身体《からだ》をいつでも離れて彷徨い歩くことができると考えられていたと思います。それが一つです。ですから自分が死んだら魂は村里のすぐそばにある山の上に必ず行くんだ、また山の上から例えば迎え火を焚くとかいうようにある迎え方をするといつでも魂が帰ってくるんだ、そういう形で、魂はいつでも身体から分離してフラフラ歩くことができるとみなされました。これは詩の精神の一つの大きなパターンだと言うことができます。例えば子供なんかが何かをやっている最中に、考え事をしたみたいにぼんやりしてしまう、そして何か夢遊状態で奇妙なことをやり出したりという時に、魂がどこかに彷徨い出してしまったと考えられていたのです。ですからある仕方で子供の魂を呼び戻せば、ハッと気が付くというふうに思われていました。そういうことはたくさんあるわけで、魂はある呼び方をするといつでも帰ってくるし、ある瞬間には誰でも魂がどこかへスーッと歩いていってしまって、一種のうつけた状態のようになっていくんだと考えられていたと思います。これは自然な宗教感情でいえば、産土《うぶすな》の神社へ行って、魂を入れてもらわないと子供は本当に魂を獲得できないんだということで、七五三みたいにある年齢になった時、子供を産土の神社へ連れて行って魂を入れてもらう。そんな儀式をしてもらうことがあったと思います。

それからもう一つ大きなパターンがあります。それは、山の上からやってきたり海の向うからやってきたり、滞留している場所からいつでもやってこられたし、また山の上や海の向うへ行くこともできて、何回も転生できると考えられていました。これもやはり詩の精神にとってとても重要なもうひとつの要素だったように思われます。そんな伝説はいくつもあります。例えば子供が死んで悲しくて仕方がない親たちが、死んだ子供の掌に字を書いておく、そうするとその子供は誰かのところに生まれ変って行っているはずなんで、新しく産まれてきた誰かの子供の掌を見ると同じ印《しるし》が付いているというようなことがある。それで生まれ変ったんだ、つまり魂が歩いていってまたそこに入ったんだと考えられました。そういう話はいくらでもあるわけです。例えば子供が死んで悲しくて、その子供がどこに生まれ変ってくるかと思い、ある印を付けておいたらある大名の家に生まれ変って、大名の赤ん坊の掌には同じ印が付いていた。その印を消すには死んだ子供の墓の土をまぶさなければいけないという言い伝えがあって、大名家から秘かにお前の死んだ子供の墓土をくれないかといってきたというような説話です。魂はこの場合に詩の精神なわけで、詩の精神は転生し、繰り返し生まれ変って自在に誰かに附く。これは重要な考え方のパターンだと思います。いま申し上げた二つが起源のところや発生の時期に考えられる詩の精神の構造です。

この詩の精神は、どんな現われ方の様子をもったかをもう少し詳しく申し上げてみます。それにはいくつかの類型があります。一つの類型は詩の精神(つまり魂)は、自由に肉体を離れて遊行することができるんですが、留まる場所が決っていて、たいていは村里の外周にあるわりに目立つような山の頂です。魂はフラフラとそこに集まる。そこである仕方で迎えに行くといつでもまた自分の家へやって来たり、あるいは他の人のところに生まれ変ったりすると信じられていました。この場合、現在からみて何が問題になるか考えてみます。眼に見えない魂が、山の頂と村里の間を遊行するのに、それを媒介すると考えられたのは何かと言いますと、それはたいていは山の頂にある巨きな石とか、そこに生えている樹木とか、村はずれの森の中の目立つような木とかいうものです。山とこちら側とを自由にふらふら往き来する詩の行動の様式にとって石とか木とか尖った棒が媒介すると考えられていたと思います。これは今風にいって何が重要かといえば、詩の精神が「形態」というものについて初めである認識を獲得したことを意味していることです。つまりこの形態感覚というか形態認識というかそれが、いま言った山の頂に自由に行き来できる様式の一番大きな意味だろうと思われます。この場合の形態は尖ったものとか、棒のようなものとか、樹木のようなものが優先された形態なんです。けれど一般的に形態の感覚や認識が初めて詩の精神に気づかれたことを意味しています。

もう一つの大きな分類があります。詩の精神、つまり魂はいつでも海の向うに歩いて行くことが、海の向うに島のようなある種の魂の集まるところがあって、そこにいつでもフラフラ行くことができるし、またそこからいつでも帰ってくることができるんだという認識です。この場合に何が魂を乗せて往き来する媒介だと考えられたかと言いますと、空を飛ぶ鳥だと思います。この場合鳥というのは雁《かり》とか白鳥のような渡り鳥つまり季節によって往ったり帰ったりする候鳥であれば、一番いいわけです。魂を乗せ易いし、また帰る時期がよく分かりますから。このことが何を意味するかといえば、たぶん空からの、真上からの視線に詩の精神が初めて気付いたということだと思います。つまり詩の精神が真上から見た鳥瞰図とか鳥瞰像に初めて気がついたのは、鳥が海の彼方とこちら側を結ぶ媒介物だと考えられた場合の一番大きな問題のように思われます。

それから大きく分類しますと、もう一つあります。それは海岸のふちとか村里のはずれとかの岩山みたいにあけられた洞窟です。洞窟のようなものを通って、魂は自由に向こう側のどこかの世界に行くことができると考えられていました。これは例えばアイヌの伝承の認識にあり、また南島の琉球派にもあります。つまり海岸の洞窟をくぐると向う側にこちら側の村の風景なんかとそっくり同じ風景の世界があって、そこへ魂は自由に往き来することができるし、そこから帰ることができるということです。これは北方のアイヌにも南方の沖縄の地方にもあります。それから近畿地方の熊野みたいなところにもあります。例えば『日本書紀』の神話なんかで言いますと、伊邪那岐命《いざなぎのみこと》と伊邪那美命《いざなみのみこと》の神生みで、伊邪那美命が火の神を生んだ時に陰《ほと》を燃かれて死んでしまう。そして死んで葬られた場所は紀伊の国の有馬村だと記載されてあります。その有馬村には今でも海岸べりのところに洞窟がありまして、伊邪那美命が通った岩屋というような伝説があります。その伝説の真偽はどうでもいいんですが、その海岸べりの岩穴とか村里のはずれの岩山に穿たれた洞穴とか、そういうものを通って魂は自由に向う側の世界へ行き来し、また帰ってくることができると考えられていたと思います。この場合の、詩の精神の行動様式を今風に言って何が重要かといえば、ぼくは光と影の認識や感覚だと思います。光と影の世界を詩の精神が初めて獲得したことを意味すると思います。洞穴を通って向う側の世界とこちら側の世界を、魂を乗せて結ぶものは多分「光」だと考えられていました。もっというなら、光はこのばあい自然光ですから太陽の光が媒介すると考えられていたのではないでしょうか。

詩の精神の行動様式は大きく分類しますと今の三つに尽きると思います。この三つの類型に分けられるものが、言わば起源あるいは発生のところでの詩の精神の行動の様式を意味してるとぼくは考えます。ところで、余計なことかも知れませんが、この三つの類型のうちどれが一番古いのかと考えますと、ぼくの理解の仕方では海岸の洞窟や村里のはずれの洞穴を通して魂は向う側の世界の魂の集まるところと自由に往き来できるという考え方が一番古いような気がいたします。その次に古いのは、山の頂の巨石や樹木などに魂が集まり自由に往き来している考え方だろうと思われます。そして一番新しいのは海の向うに魂の集まるところがあって、そこから自由に往き来できるという考え方だと言うものです。これはもしかすると山の頂の場合と新旧が逆かもしれませんけれど、これはよくよく確かめてみないといけません。山の頂に魂が自由に往き来できるという考え方は、山に住む人と里に住む人、言葉を換えて言えば、平地で農耕をやる人達と山で狩をやったり木を伐採したりする人達との違いと交渉が始まったということが、元にあって、そんな考え方が出てきたと思います。それから海の向うに魂の往き来できる場所があるという考え方は、海の向うから稲作を運んで上陸してきて平地に住み着いた人達の持ち運んできた認識とか感覚のパターンだと思われます。それから海岸の洞窟を通してあの世があるんだというような考え方は、山の人である場合でも海の人である場合でも平地の人である場合でもあり得るわけでしょうが、それは自分とは違った住まい方をしている人たちとの交渉が元になって考えられたのではなく、人間の詩的精神が自然とか自然物とどんなふうに交感していたか、そしてその交感の仕方が無意識であった時期の詩的行動のパターンを表すように思います。ですから多分これが一番古いのではないかと思われるのです。柳田国男は、例えば山の頂に魂が集まって帰ってくることができたという認識のパターンを、自分の民俗学の基礎にすえているわけです。しかしこのパターンはいま申し上げましたように、ただ一つきりのパターンではないわけです。別に対抗したわけではないのですが、弟子の折口信夫は海の向うに魂が集まるところがあって、また帰ってくるんだという考え方を強調して、これが我々に固有の考え方だという学説を出しました。しかしこれも唯一のものではなく、これで尽くせるものじゃないという気がします。これは山の頂きに魂の行く所があるというパターンとある意味では並列するものでありますし、どちらかが正しくてどちらかが正しくないというものではなく両方とも根拠があるものではないかと思います。ただわずかに言えることは時代が大きく違うことじゃないかということと、もしかすると種族が違うかもしれないということです。いずれか一方が唯一のパターンだと言うことはできないものだと思います。柳田国男に『遠野物語』という本がありますが、その『遠野物語』の語り手であった佐々木喜善という人が、娘さんが亡くなった時にある夢を立て続けに見ました。最初の夢は自分の娘がどこか山の中腹のところで道に行き迷っていたという夢で、二番目に見た夢は、その娘が山の上空をすいすいと飛んでゆく夢で、その時に追分節のメロディーが聴こえたというのです。それからさらに最後にみた夢は、娘とどこか橋の途中で出会い、どこに住んでいるのだと娘に聞くと娘は早池峯《はやちね》という山（それは岩手県にある山ですが）の頂のところに住んでいますと答えて消えたというものです。これは柳田国男が記しています。その伝承は無意識のうちに山の頂のところに人間の魂が自由に往き来できるという考え方が潜在的にあったから見られた夢だと思います。柳田国男は日本列島の北の方から南の方まで至るところから、山に神を迎えに行くとか山から魂が村里へ帰ってくるというパターンの言い伝えを収集しました。そしてこれが柳田民俗学を横断する認識の基礎を築いたと言えましょう。

折口信夫という人はその逆で、最初の自分の体験を「妣が国へ・常世へ」で記しています。

紀州の熊野の大王岬の突端に立って海の向うを見ていたら、自分の魂の故里があの海の彼方にあるんだという感覚に突然捉えられたと述べています。そこで海の向うがじぶんたちの妣の国であって、母親を離れてやって来たという体験が無意識の時間の向うから続いていて、それが自分を規制しているものだから、こんな感じに襲われたに違いないということから始まり、一生懸命に海の彼方に魂の集まるところがあるという考え方のパターンと言い伝えを収集しました。これが折口さんの民俗学と国文学の学問的基礎になったと考えることができます。ところでこれもまた、魂の行動範囲の唯一のパターンではないと思います。ぼくの理解の仕方では、もう一つ海岸の洞窟とか岩穴とかいうものを通じて魂は自由に向う側の世界と行き来することができるし、その向う側にはこちらの村里の風景と同じような世界があってというパターンがもう一つあると思います。このパターンもなかなかに捨て難いもののように思われます。

この三つのパターンを類型づけますと、だいたいにおいて日本の詩の精神といいましょうか、詩的行為の行動様式が辿る類型が尽せるように思われます。こういう詩の精神の類型は現在どうなっているのか、あるいはそれ以降に仏教が入ってきてからどうなったのか、多分それが大きく規制していきます。大雑把な言い方をしてしまいますと、仏教はこういう三つに類型づけられる詩的行動様式あるいは詩的な繰り返しのパターンに対して、一種の継承と切断の両方をやったといえましょう。ですから中世のそこの時点で、世界宗教としての仏教が、魂の行動様式を大衆的規模でサブカルチャーとして滲透したため日本の詩的行動様式は大変革を受けました。その変化は何かと言えば、一面では魂が彷徨い出てまた帰ってくるという行動認識の切断ということです。つまりどうして切断かと言いますと、繰り返し人間に生まれ変わったり動物に生まれ変わったりして現世の生涯の苦を繰り返すのはかなわないじゃないか、こういう苦を繰り返さない方法というのはないのか――このアジア的な貧困が生んだ宗教的な要請にこたえるために仏教はヒンズー教の胎内から発達してできたわけですが――仏教はそれに対してあるやり方をすれば再び苦しいこの世に帰ってくることはなくて、無常の楽土に魂が往ったきりで帰らなくてすむんだとみなしました。これが仏教の切断の大きな意味だと思います。勿論ヒンズー教が発生する基盤も同じことで、オセアニアからアジアの海岸地区や島一帯に同じような魂が帰ってくるという詩的行動様式の認識があったわけです。もちろんインドでもありました。それに対して現世は貧困であり苦であるのに、また生まれ変わってきて苦を繰り返すことを、どこかで切断したいということが仏教への大きな要請の一つでした。そこで仏教はその切断を成し遂げたというように思います。だからもう既に仏教が日本に流布された時もそうなんですが、魂は帰ってこなくていい、つまり十万億土の彼方に西方浄土という楽天的な場所があって、魂は一度そこへ往ったら帰らなくていいんだという信仰が、はじめて行なわれたと思います。もう一つの信仰の行なわれ方は、そこへどうやって往くのかということです。ある修練の仕方をした専修の人に導かれればそこへ必ず往けるという考え方をしたと思います。その修練は自分の意識状態を肉体的な訓練によって死に近いところまで持っていくのが、眼目でありました。意識的状態を死に近いところまで人工的に持っていけるという修練を積んだ人は何ができるかと言うと、イメージとして楽土を思い浮かべることができるということです。つまり死後遊行のように思い浮かべられた楽土の世界を魂が歩いて来ることができるということです。別の言い方をすれば、曼陀羅の世界を歩いてくることができるというような修練をするのが僧侶であって、そういう僧侶に導かれれば必ず浄土に往ってこの苦しい現世に帰ってくる必要はないんだというのが仏教の眼目であり、僧侶たちの大きな修練の目的でした。これは仏教が日本に入ってきても同様で、その意味では日本の起源における詩的行動様式は、そこで魂の往きっぱなしという大きな切断を受けたのは確かなことのように思われます。でもそれだけでは土着すること、つまりサブカルチャーのところまで入り込むことができませんから、勿論起源における詩的精神の行動様式をたくさんのパターンで継承したということもありうるわけです。

例えば柳田国男はそういう言い伝えをたくさん集めてますけれど、山に登る風習の例として、四月八日に山に登って神様を迎えに行ってきて神様を里まで連れてくる、そうすれば神様は里まで必ずやってくるんだという場合、一年目には山のふもとに魂が留まり、山に登ってそこまでゆくと先程言った詩的精神の起源の持つ何やらある気配を感知することができる、その気配を感知した時に、魂はいまこのへんに留まっているんだと納得して帰ってくる、そして二年目にはもう少し上のところまで登って、そこでまた気配を感知して帰ってくる、そして頂上まで登った時には一種の神様に類したものとして、別の村を作って集っていることになる、そういう考え方が至るところにあることを集めてきます。海岸べりの村でも同じことで、飛島《とびしま》みたいなところでは、海岸の浜のところが魂の中継所みたいになって賽の河原と呼ばれています。そこから山の向うに往くということになっている。その中継所のそばにいると何か歌声がしてそばを通ってゆく気配がある、その気配を感じた時には村ではたいてい村人の誰かが死んだということが分かる、そして中継所に集まってから向い側に見える鳥海山の山頂まで魂は飛んでゆくことができるというような言い伝えを柳田国男は集めています。それからその逆の場合も集めています。つまり山の中に入っている猟師とか木こりとかが、ある場所にとまっているときに急に馬の蹄の音が聞こえる。すると木こりや猟師は、今日は村で赤ん坊が産まれたんだなと思った。その気配を感じて山を下りてみると確かに村に産まれた赤ん坊がいる。つまり山の中で感知された気配は死ではなくて誕生なんです。誕生はなにかといえば、山にいた魂が村へ下りていって誰かの中へ入ったという気配なわけで、それは馬の蹄の音なんかですぐに分かったという言い伝えです。また女の人が難産で困っていると、馬を牽いて魂を早く入れてくれるように頼むために、山に登って途中まで行く、すると馬が何故かびっくりして嘶くという場所があります。そこで魂と出会ったということで帰ってくると、難産が解けて赤ん坊が生まれるのです。

こういうことはそのまま仏教の習慣に継承されました。例えば浜の近所でたいてい後世の名付け方でいえば賽の河原という呼び名で石が積んであったり、位牌が置いてあったりする場所は、本当はもっとそれ以前の、海岸べりの浜地に魂が中継所として宿って山へ行くというような発生期ないしは起源のところでの行動様式を仏教が継承したことを意味しています。仏教が入った時にそれまでの詩的な行動様式は切断を受けたと申しましたが、その切断のうち最も重要なのは、魂が帰ってこないということです。つまり魂はフラフラ彷徨うかもしれないけれど、また帰ってくることはないという切断のされ方だと思います。また一方ではいま申しあげたように、たくさんのことを継承もしたと思います。

日本での仏教は土着化の過程で独得の教義を生み出しました。日本の浄土教です。日本の浄土教はどう考えたかと言いますと、死んだ後に修練を積んだ僧侶が浄土・楽土をイメージとして思い浮かべる技術を獲得して、それに導かれればそんな世界に往けるんだというのは嘘じゃないかとはじめて考えたのです。つまり魂の往来を切断すると同時に専門家の詩的なイメージの技術に委ねてしまうのは嘘じゃないか、あまり意味がないんじゃないか。そのことを日本浄土教の教祖たちは徹底的に追いつめたわけです。それは法然がやり親鸞がやったんですが、法然や親鸞がやったことは魂の行動様式が民衆の詩的行動様式であった発生地点や起源の地点に対して一種の切断を試みて、魂の往き場所を心得てそれをイメージとして思い描けるのは専門家だけで、その専門家に導入されなければそこに往けないんだという言われ方に対して、それは嘘だと初めて主張し、その主張を流布しました。これは仏教史上画期的なことでした。日本浄土教は多分仏教に対して、そういう意味では止めを刺したんだということができます。法然や親鸞はどう言ったかというと、そんな修業は幻覚であり幻覚を作る技術だ、つまり意識を死に瀕したところまでもってゆく修練を積みますと、概念はすべてイメージに転化されてゆくわけなんです。そういうのは一つの幻覚を作る技術にすぎないいんだから、そんなものは意味がないんだと法然や親鸞は考えて、そういうことはやめようと言ったのです。法然はそれほど極端には主張しないで、それは偉い人だけがやればいいんで、我々凡人にはそんなことはとうてい及ばないことだから、ただ楽天浄土の主《ぬし》と言われている仏の名前を唱えればそこへ往く手続きが誰でも得られるんだと説いたわけです。親鸞はそれをもっと徹底的につきつめたわけです。つまり修業したり善行を積んだりするのは駄目なんだ、そんなことをしたら浄土なんかには往けませんよと主張しました。親鸞は善人が往生するなら悪人はなおさら往生するのだと言い、修業したらかえって駄目だ、それは何故なら、自力の修練だから駄目で、もし浄土たるものがあるとすればそれは遙かに大きい規模のものだから、人間が修練したら得られるとか往けるとかいうものじゃねえと言うのです。むしろ修練なんかすれば浄土へは往かれねえ、その代わりある言葉を唱えれば誰でも往けると説きます。いやほんとは浄土へ往けるという言い方もちょっと違って、本当は親鸞はそんな浄土なんてものはねえ、と言ったと思います。幻覚で思い描けるような楽天浄土なんてあるわけねえし、そんなのは嘘なんだと考えたわけです。ただいつでもそういう楽天浄土に往けるある場所を占めることができると言ったんです。そして所謂仏教がいう浄土なるもの、あるいは密教がいう修練によって得られる幻覚が作り出す浄土なるものは、いかに豊かなイメージのように見えても、こんなものは無意味なんだという言い方をして、仏教をはみ出し、仏教を解体していったわけなんです。身体《からだ》を痛めつけて意識を死に近いところまで持っていって、その時に得られる幻覚で浄土を視られてそこをフラフラ歩くことができるなんて何の意味もない、そんなものは嘘だという言い方をするのです。しかしある魂の往き場所には、ある言葉を称えることで往ける、そんな魂の集まる場所ならどこかにある、勿論その場所が実体的な空間としてあるなんてことは嘘なんだけれど、ただそういう実体的な場所にメタファーであり得るようなある位置は必ず得られるんだ、そしてそれだけが本当の往き来できる場所であると親鸞は考えたんです。魂が往き来できることに意味があるとすれば、その位置にしか意味がないので、幻覚で作った楽天浄土に意味があるわけでも何でもないんだと親鸞は説きました。この切断は仏教の解体でありまして、日本浄土教は少なくとも、そういう理解の仕方をすれば、仏教をある究極形態にまでもたらしたということができます。それはまた仏教に止めを刺したという見方もすることができます。これはぼくには詩的な魂の行動様式にとってとても重要な変化のように思われます。

つまり現前に生きている民衆がとても大きな姿として出てきちゃった時に、多分日本浄土教はその教義や考え方を確立していったのです。つまりこれは現在のパターンに、もしかすると置き直すことができるかも知れません。詩の精神が密教的な行動様式をとろうが、あるいは浄土教的な行動様式としてとろうがそれはいっこうに構わないのであって、それはその人にとって最も関心のある主題とモチーフが選ばれるという以外の原則は何もないのですが、しかし、日本浄土教が切断したことは、仏教の実体的な浄土のようなものです。その存在を否定して、その代りに浄土にすぐにでも往ける場所を設定しました。そしてその場所との魂の往き来ということだけが詩的な行動様式なんだという考えを展開してます。それがおそらく日本の浄土教のとても大きな意味であると思われます。そしてこの問題まできた時に日本の詩的行動様式の起源にあったものは、またひとつ大きな変革を受けたと言うことができそうです。

大雑把な言い方になりますけど、現在のわたしたちの詩的な行動様式はどの範囲でどういうふうに設定できるんだろうか、本当はそれを考えたいわけなんです。しかしその問題はみなさん個々に委ねた方がいいので、ただその場合どういう考え方の寄り所をとれば考え易いかということを、ぼくはいまお話ししてきたつもりです。そのためには起源のところで詩的行動様式はどうであったか、どういう類型に分ければまず充分だと考えられるかを申し上げてきました。魂の起源における行動様式と中世に仏教がサブカルチャーのところまで滲透していったとき、仏教がやった切断と継承がどうであったか、それを踏まえておけば、後は近代以降にキリスト教的な行動様式、あるいは詩的なパターンでいえば西欧的な詩の表現の様式が日本に入ってきて、これが大衆化と、専門化を同時に遂行しながら現在までやってきたことが、考察の対象になります。あとは西洋的な詩の行動様式がどういうものであり、それがどういう形で土着してきたかということ、それからここまでは土着してきたけれどこれ以上はまだ本当は土着していないということがあるとすれば、それは何なのかということ、あるいは最早それら全ての問題を全部解体するように、魂のどこかに行き場所があり詩的な行動の様式があるということすら現在は全て解体しつくしちゃっているのかどうかということ、これらのことがいわば日本の近代詩以降の問題であり、また現代詩以降の問題であり、そしてもっと小きざみに言いますと、現在の詩の問題であるということになりそうに思われます。それに対してどうすればいいのかということはすこしも分かりません。自分のやり方だけだったら自分なりによく分かるんですが、普遍的なやり方はどうすればいいかはとうてい分からないわけです。しかし考え方の地図とか図形とかは、多分いま申し上げましたところで尽きるとおもいます。そこで考える縁《よすが》だけは得られるんじゃないかとわたしは考えます。

そしてわたしたちがいま当面しているのはもう一つ新しい区切りを設けまして、それは現代と現在を分けうるかどうかということです。わたしは現在と言った方がいいかもしれないもう一つの区切りの始まりがあるような気がしています。現在の詩の行動様式は様々な形で拡散しているように思いますが、その拡散の中で現在というものの始まりが決定されるんじゃないかというのが、ぼくなんかが大雑把に考えていることです。自分自身はなまけ者の詩の書き手ですけど、自分の詩を書く場合の書き方というのは自分なりにやっていこうというふうに思っています。少しでも普遍的なことが言えそうな感じがするとすれば、もう一度現在、詩の起源のところであった詩的精神の行動様式が個々の類型としてではなくて、すべてが折り重なったパターンとして集約される場所が問題になるかもしれないということを漠然と考えています。しかし、このことについてぼくは何かを言うこともないし、また言う立場にもないので、そんなことよりも過去の詩の発生とか詩の起源とか考えられる場所で持っていた詩の行動様式について主としてお話ししてきました。そこでなら今日はすこし役目が果たせたのではないかと思います。たいへん簡単なんですが、これで終らせていただきます。

詩について

詩というのはどういうものかという問いには、詩を書くものとしてときどきかんがえこみます。また、その註釈をいままで何回か試みました。きょうも詩とはどういうものかについて、あるひとつの説明の仕方をかんがえましたので、話してみたいとおもいます。

「あの絵には詩（ポエジー）がある」と云うときのように、詩的なものという意味あいで「詩」という言葉はいろんな芸術の分野に使われています。それからもうひとつは、俳句・短歌は詩と呼ばず俳句・短歌というんだとみなして、詩はもっぱら新体詩以後の近代詩・現代詩だけをさすという考え方でも使われています。それからもっと詩を書く立場から限定していいますと、詩といえばそれはじぶんがいま書いてるもの――広くとれば戦後詩といいますが――をさすという使い方も可能です。そのようにかんがえていきますと、俳人にも歌人にも現代詩人にも、詩とはこういうものだと納得のいくような云い方はできないか、という問題にぶつかります。きょうはこのことについてひとつの説明を試みてみたいとおもいます。

まず、日本の文章として残されたものの中ではいちばん古い書物であり、歴史書でもあり神話書でもある『古事記』の中から、男女の神様の呼び名はどういうふうになされているかを表にしてみました。そこから入っていきます。一見、詩と関係ないようですけど、うまく詩と結びつけばおなぐさみというところです。『古事記』の中の男女の呼び方は、例外はないことはないですが、何種類かに分類することができます。表I分類 a を見てください。

I　男女の神はどう呼びわけられるか

〈分類 a　対称〉

宇《う》比《ひ》地邇《ぢに》神《のかみ》
妹《いも》須《す》比《ひ》智邇《ぢに》神《のかみ》

角材《つのぐひ》神《のかみ》
妹《いも》活材《いくぐひ》神《のかみ》

意《お》富《ほ》斗《と》能《の》地《ぢ》神《のかみ》
妹《いも》大《おほ》斗《と》刀《の》辨《べ》神《のかみ》

伊邪那岐神《いざなぎのかみ》
妹伊邪那美神《いもいざなみのかみ》　（以上『記』上巻）

男の神が「宇比地邇神」だと、女性のばあいは上に「妹」を付けて「妹須比智邇神」というふうに呼びます。この一対の神が兄妹であるのか、あるいは氏族・親族の象徴的な呼び名なのか、それはまったく不明です。「宇比地」と「須比智」と字がちがいますが『古事記』ではこのばあい、文字に形象的な意味はなく音の意味だけがあります。男の神の名の上に「妹」を付けると女の神の名になるわけです。この種を分類aとしましたが、この種の呼び方は初期のほうにでてきます。

分類aに四つばかり挙げてあります。皆さんご存知の「伊邪那岐神」という男の神の名の上に「妹」を付ければ、対になる女の神「妹伊邪那美神」となります。これがおなじ日本人の名かと不可解におもわれるでしょう。たぶん、これはひとつには当時の上層部の呼び方で、あるていど制度的な名であって、一般の人々は魚の名前や虫の名前のような卑称で呼ばれていただろうとおもいます。ですからこの種の神話にでてくる神さまの名というのは、当時の上層部の個人名であり同時に制度的名である共同の意識を含めているだろうとおもわれます。

「妹」を付けると女性の名になることがひとつわかりますが、いまの女性の名の「子」を先につけたとかんがえると理解しやすいとおもいます。男と女の名に区別はなかった。しかし「妹」を付けると女になった。そういう類推をするとわかりやすいとおもいます。

同様にして男性のばあいはどうか、いろいろな呼び方をされていますが、ひとつ分類をたててみます。それは「日子《ひこ》」という言葉を——この字も意味はありません——上に付けます。

〈分類b　男性呼称1〉

日子《ひこ》番能《ほの》邇々藝《ににぎ》命《のみこと》

日子波限《なぎさ》建《たけ》鵜《う》葺草《がや》葺《ふき》不合《あへず》命《のみこと》

日子穂穂《ほほ》手見《でみ》命《のみこと》

（以上『記』上巻）

「番《ほ》」という言葉は尊称か族称の意味があります。男女の区別をするには上に日子を付けて「日子番能邇々藝《ほのににぎ》命」というふうにします。いまの男性の名の「夫・男・雄」が頭についたという類推の仕方をすると理解しやすいとおもいます。

分類ｃは男性の別の呼び方です。

〈分類ｃ　男性呼称２〉

神倭《かむやまと》伊波禮《いはれ》毘古《びこ》命《のみこと》（『記』上巻）

稿根津《きをねつ》日子《ひこ》（『記』中巻）

登美能那賀須泥《とみのながすね》毘古《ひこ》（『記』中巻）

天押帯《あめおしたらし》日子《ひこ》命《のみこと》（『記』中巻）

このばあい「日子」を後につけます。ちょうど「武夫」のように「夫」が後にくるのとおなじです。「神倭伊波禮毘古命」という名前の「神倭」は尊称、「伊波禮」は土地の名で、出身地かなにかでしょう。今でも地名に「夫」をつけた名をもつ人がいるはずで、それとおなじとかんがえればよいとおもいます。そのようにいちばん上に付けるばあいと下に付けるばあいが可能であったといえるわけです。

〈分類d　男性呼称3〉

師木津《しきつ》日子《びこ》玉手《たまて》見命《みのみこと》（『記』中巻）

大倭《おほやまと》日子《ひこ》鉏友命《すきとものみこと》（『記』中巻）

大倭《おほやまと》帯《たらし》日子《ひこ》國押人命《くにおしひとのみこと》（『記』中巻）

大倭《おほやまと》根子《ねこ》日子《ひこ》賦斗邇命《ふとにのみこと》（『記』中巻）

「師木津日子玉手見命」といったばあい、類型としては分類bに入ります。名の頭に「日子」を付け、男であることをあらわすというやり方です。しかしこのばあい、古代における国家の場所をあらわす土地名、あるいは支配地・出身地をあらわす土地名とくっつけて「日子」を頭につけ、この神さまの出身の族の素性をあきらかにしています。

〈分類e　両性呼称〉

比賣《ひめ》多多良伊須氣餘理《たたらいすけより》比賣《ひめ》

比古《ひこ》伊佐勢理《いさせり》毘古命《ひこのみこと》

若日子《わかひこ》建吉備津《たけきびつ》日子命《ひこのみこと》

弟日賣《おとひめ》眞若比賣《まわかひめ》命《のみこと》

これは女性のばあいも男性のばあいもあります。たとえば「比賣多多良伊須氣餘理比賣」の「比賣」は「妹」とおなじ意味です。つまり「比賣」を上に付けると女性になります。「比賣」を上につけるだけでなく下にもう一度つけてあります。だからこれは不可解な云い方といえば不可解な云い方ですが、分類bと分類cとを重ねた呼び方とかんがえればよろしいとおもいます。

例外は少しありますが、この分類で神話時代の男性呼称と女性呼称が尽せるわけです。こう呼ばれていればどこの出身でどこの種族だという意味あいはないとおもいます。また、分類eの呼び方は後の時代にしかでてこないので、それが時代による変遷を語るかといったら、それも漠然としか語らないだろうとおもいます。

ここでぼくが取りだしたいことはただふたつのことです。

ひとつは、たとえば男女の呼び方を区別するばあい、現在の「夫・男・雄」「子」にあたる言葉を頭につける云い方・後につける云い方・頭にも後にもつける云い方の三種類があるということです。そうすると、ぼくたちが言葉にたいして抱いている概念が逆であった時代があったかも知れないということが云えます。

それからもうひとつは、ある概念にあたる言葉を逆の云い方をしてもともとの云い方をしても、そのことはどちらでも通用する時代があったのではないかということです。

ぼくたちが現在のこの場所をいうばあい、神宮外苑・絵画館・文化教室といいます。概念のなかにまず神宮外苑があり、そのなかに絵画館、そのなかに文化教室というように、大きい空間から小さい空間への順でいうことを無意識のうちに前提にしています。しかしそれはとても怪しい前提であり、ある時代まで遡ると文化教室・絵画館・神宮外苑という云い方をしていたということが可能性としてありうることなんです。ある時代まで遡るとより大きい地域を後からいう云い方がされていたかも知れないということです。つまりぼくたちは先にいった言葉から後にいった言葉へと時間と意味が流れていると無意識のうちに前提としてますが、それはとても疑わしい。日本語の範囲内でも逆の云い方をしてたことがありうるかも知れないということです。

ぼくたちは神話という言葉を使いますが、なぜ神話かというと、古い時代の追憶がその中に含まれているかも知れないからです。ぼくたちがもっとも古いとかんがえている言葉は実はそんなに古くはなく、いまでは意味がわからなくなった「伊邪那岐」がどういう意味か知っていたもっと古い時代があったのかも知れないとおもいます。そういう時代の日本語をいまのところ再現できないですが、再現の可能性がないわけではありません。現在の古典語の理解の仕方というのは、主として近世の賀茂真淵とか本居宣長などの国学者たちが直観力に頼るやり方で意味つけていったもので、それを無意識に前提としていますから、それは疑えばいくらでも疑えるものです。

詩の言葉においても、いままで述べてきたこととおなじことがないかとつついてみますと、いくつかの分類の中でありえそうにおもえます。

Ⅱ　詩の言葉がくり返されるとき

〈分類a　地称族称〉

春日《はるひ》の春日《かすが》
眞蘇我《まそが》よ蘇我《そが》の子ら
さ檜隈《ひのくま》　檜隈川《ひのくまかは》

たとえば古い日本の詩のなかの言葉ですが「春日の春日」という云い方があります。「春日《かすが》」は土地の名あるいは土地にいた神の名です。このばあい「はるひのかすが」という読み方をしますが「はるひ」というのは当てにならない読み方なので、「かすがのかすが」といっても別にかまわないわけです。また詩の中で「眞蘇我よ　蘇我の子ら」という言葉が使われています。そのばあい「眞」は接頭語みたいなものです。これらはおなじ言葉がふたつ付けられている「比賣多多良伊須氣餘理比賣」とおなじ構造であることがわかります。「春日の春日」を逆にしても「春日の春日」です。

しかしなぜこんな無駄な云い方をしたのでしょうか。現在の常識でいちばんかんがえやすいのは「春日」という土地を強調したいために二回いったのではないかということです。あるいは、調子を整えるためと常識ではかんがえてしまいます。近世以降の国文学者はそういう理解の仕方をしてきました。しかし果たして本当にそうでしょうか。現代詩の概念からすればこれはたいへんもったいないことではないでしょうか。しかも日本の詩というのはそれほど長くありません。そのなかで二回もおなじ言葉をいうなんてロスではないか、言葉の意味の経済法則からいえば馬鹿げたことじゃないか、ということになります。強調したり調子を整えるために二回いったのか、これはとてもおおきな問題です。

〈分類b　地称・伴称〉

巻向《まきもく》の　檜原《ひばら》
三輪《みわ》の　檜原《ひばら》
初瀬《はつせ》の　檜原《ひばら》

檜原は土地の名前です。檜原という言葉が詩のなかにでてくるばあい、上に「巻向の」「三輪の」「初瀬の」という語がつきます。このばあいの檜原は奈良の檜原で、これは別の地方にある檜原というふうなちがいがないことは、確めることができます。これはおなじ檜原を指していて、おなじ所をいうばあいに三つの云い方があるわけです。試みに地図で示すと上のようになります。

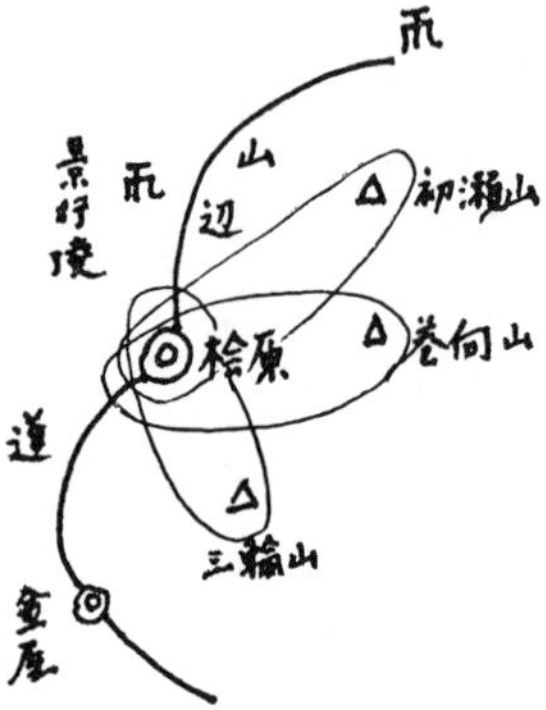

皆さんはご存知だとおもいますが、山辺の道というのがあって、これは一連の山並みになっています。「巻向の檜原」と云ったばあい、巻向山と関連させて云っているのがわかります。そうするとこういうことがいえます。詩のなかである土地の名を歌うばあい、

それと関連する——このばあいは山ですが——土地と対にさせて書くという慣用法があったということです。これは詩に限っていえます。

ある土地の名を詩のなかに歌いこむばあい、その近所の山や川を一緒に歌いこんだ理由は、現在ぼくたちが確定することのできない問題です。けれどなぜかはわからないが、推量することはできます。たとえば檜原村では山の信仰があったのでじぶんの村の名をいうときは三輪を一緒に書くことになっていた、それは詩のばあいは絶対しなければならなかった、というようなことはひとつの推量としては成りたちます。ちがった対となる詩語があります。

〈分類c　異名同格伴称〉

しらいとの瀧
なみしなふ海人《あま》
むばたまの髪
さ野《ぬ》つ鳥雉《きぎし》
庭つ鳥鶏《かけ》

たとえば、詩の中に滝を歌いこみたいばあいは、大昔においては「しらいとの」という言葉を上に付けるという習慣がありました。あるいは海人《あま》——漁師のことです——を詩のなかに歌いこみたいときは、今では意味がはっきりしなくなった「なみしなふ」という言葉を付けるという習慣が詩にかぎってありました。それから鶏《かけ》——にわとりのことですが——は「庭つ鳥」とまったくおなじものなのに、詩の中でなぜ二回云わなければいけないのかということはまったくわかりません。

もうひとつ別のばあいがあります。

〈分類d　修飾語法〉

天離《あまさか》る鄙《ひな》
さねさし相模《さがみ》の小野《をぬ》
階《しな》だゆふ樂浪路《さざなみぢ》
しなてる片岡山《かたおかやま》

鄙というのは村里のことで、上に「天離る」という言葉を付けました。この「天離る」というのはどういう意味かまったくわかりません。「樂浪路」は琵琶湖の周辺の村々のことです。片岡山は本来的には固有名詞ですが、なだらかになった山という意味です。「階だゆふ」「しなてる」いずれも現在では意味が確定できません。

このように、意味が現在ではつかめない言葉を、上につける習慣が詩に限ってあったのです。ぼくたちは、わからなくなったものは、わかる範囲内ですっきりさせてしまうという帰納的観点をもっています。ひとつの習慣である詩の対の言葉を帰納的に理解してしまうといろいろ不都合がでてきます。「春日の春日」のような詩の表現の仕方は大昔に死んだのだから、いまぼくたちが詩を書くうえに問題にもならないといってしまうことはできます。しかし、それでは歌人・俳人が、不平におもうでしょう。なぜなら歌人・俳人は現在このような対の言葉はほとんど使いませんが——逆説的にしか使いませんが——まったく使わないわけではないからです。このような詩の表現法は現状でもあることはあるわけです。なぜ対の言葉が使われていた時代があったのか解明しないかぎり、ただ死んだ云いまわしだといっても歌人は納得しないでしょう。現代詩人はこんな対の言葉は死んだ言葉、死んだ修辞法だといってかたづけてしまえば済むわけです。しかし、それは日本の詩全体にとってそれでいいことにはならないでしょう。これに答えなくては、詩とはなにかということに根本的に答えたことにはならないとおもいます。

いままで申しあげてきた語法の問題を逆に現代詩の世界にもってきて、現代詩の世界と「庭つ鳥鶏」という語法を必要とする古典詩の世界とを関連づけようとしますと、ひとつだけ手だてがあるような気がします。それは「庭つ鳥鶏」といったばあいおなじことを頭に付ける習慣があったのではなく、上の「庭つ鳥」という言葉と下の「鶏」という言葉のあいだに無限の空間があったとかんがえたらどうなるかということです。「庭つ鳥鶏」といわざるをえない意識内容がこのふたつの言葉のあいだの空間にあったとかんがえるわけです。その意識内容は現在ではうかがうことはできません。その意識内容は宗教上のものか風景の美にたいする感覚かもわかりません。現在ではわからなくなったその意識内容が「庭つ鳥」の次に「鶏」を喚起したとしたらどうなるか。ぼくたちが帰納的にかんがえがちなように、「鶏」の上に「庭つ鳥」を付ける習慣があったのではなく、「庭つ鳥」と「鶏」のあいだに無限の空間があるとかんがえられないだろうか。これは他の例すべてに当て嵌ります。そして、この無限の空間を拡大して、その空間だけを言葉に表現しているのが現代詩だとかんがえたとしますす。そうすると、大昔の詩と現代詩とに関連がつくのではないでしょうか。

「巻向の檜原」と詩の中でいう習慣のあった古代人にとって、「巻向」と「檜原」のあいだの意識空間のなかに詩が、すなわちポエジーが存在するということはまったく自明だったとかんがえられます。

自明だったポエジーの空間というのが、ぼくたちにとっては言語の上の問題や時代の隔りなどでまったくわからなくなってしまいました。だから「巻向の檜原」という云いまわしにポエジーを感ずることはできなくなってしまったのです。そのかわりぼくたちは現在どういう詩を書いているかというと、まさに大昔の人にとっては自明だったポエジーの空間を、文字に表現しているとかんがえれば、現代詩の意味がはっきりするのではないでしょうか。

Ⅲ　詩とは何でしょう

母

あゝ麗《うる》はしい距離《デスタンス》
常に遠のいてゆく風景……

悲しみの彼方、母への
捜《さぐ》り打つ夜半の最弱音《ピアニシモ》。

（吉田一穂『海の聖母』）

吉田一穂の「母」という詩があります。これは短い詩だからもってきたわけで、いい詩だからもってきたのではありません。古代人なら「たらちねの母」といえばそこにこの詩とおなじポエジーが喚起されたでしょう。「母」という言葉を使いたいときは上に「たらちねの」という言葉をつければよかったのです。「たらちね」と「母」のあいだにポエジーの空間が生れてあったのですが、ぼくたちはそのポエジーを感じることはできなくなったのです。この空間のポエジーを言葉に定着しているのが吉田一穂の「母」であるとみなしたらいいとおもいます。

この詩は母にたいする遠い郷愁を歌っています。「デスタンス」というのはじぶんとの距離です。母のイメージの遠さと懐しさ、常に記憶へ記憶へといってしまう風景の中に母がいる。その母の映像をおもい浮べているじぶんの心は夜中にピアニシモでピアノを打っている。昔の人が感じたポエジーと吉田一穂のポエジーはまったくおなじでしょう。おなじだというのは、現在わからなくなったポエジーを言葉で表現しているのが現代詩ではないかということです。わからなくなった言葉に固執しないで、この空間に固執しているのが現代詩だとかんがえたらどうでしょうか。

林と思想

そら　ね　ごらん
むかふに霧にぬれてゐる
蕈《きのこ》のかたちのちひさな林があるだらう
あすこのとこへ
わたしのかんがへが
ずいぶんはやく流れて行つて
みんな
溶け込んでゐるのだよ
こゝいらはふきの花でいつぱいだ

（宮沢賢治『春と修羅』）

宮沢賢治の「林と思想」という詩があります。これも短いからもってきたというだけです。この詩の根元的情緒というのは、昔の人の云い方でいえば、霧をいうばあいは「ほのゆける霧」あるいは「いさらなみ霧」という対で表現する習慣がありました。「いさらなみ霧」の情緒と宮沢賢治のこの詩の情緒というのはまったくおなじです。ただ古代人たちが自明の理としてかんがえた眼にみえないポエジーの空間――ふたつの類似した言葉をならべることによってそのあいだに想定したポエジーの空間――だけを再現し、再現の結果としての「ほのゆける霧」あるいは「いさらなみ霧」という表現を拒否しているのが現代の詩だとみなしますと、現代詩にたいするあるひとつの一貫した考えになるのではないかとおもいます。

こういう考え方に真理があるとは主張しませんが、詩ってなんだろうなと自問自答したとき、その自問自答の中に俳句・短歌・現代詩など全部ふくめたうえで、いまじぶんの書いている詩も語るに不都合でない詩の理解の仕方というのをいくつかかんがえてみたことがありますが、きょうはひとつの詩の考え方をだしてみたわけです。これで終わらせてもらいます。

初出一覧

詩とはなにか（「詩学」一九六一年七月号）
現代詩のむつかしさ（「新刊ニュース」一九五九年九月）
音韻と韻律――詩人論序説 2（「現代詩手帖」一九六〇年一月号）
喩法論――詩人論序説 3（「現代詩手帖」一九六〇年三月号）
なぜ書くか（『われらの文学22　江藤淳　吉本隆明』一九六六年十一月十五日　講談社）
言葉の根源について（「海」一九七一年一月号）
詩魂の起源（「現代詩手帖」一九八七年一月号）
詩について（「無限ポエトリー」3号　一九七八年八月一日）

〝なぜ書くか〟――鳴動しつづける表現論

添田馨

本書に収録されているのは、吉本隆明の文学表現論のうち、特に詩について触れた文章が中心になっている。吉本氏は思想家としてのみならず、詩の実作者としての立場からも、戦後六十年を経る今日にいたるまで、各時代時代の節目で詩に関する多くの重要な認識を述べつづけてきたひとりである。いや、むしろ吉本隆明だけが、一貫して詩の思想化という困難を、各時代を通して一身にみずからへ課しつづけてきたと言えようか。

しかし、吉本氏のそうした表現論の仕事は、主要なものを除くと、一本にまとめられることもないまま、現在では目に触れることさえ困難になってしまった論考が少なくない。今回、ここに収められることになった八編の論考は、時の経過のなかで入手しにくくなっている詩論のうち、特に〝詩の原理論〟にあたるものを選びとって収録している。詩の入門書や解説書のたぐいは星の数ほどあるとしても、深くこの国の歴史と現実とに根差した詩の原理論となると、その存在は極めて限られる。吉本氏が、そうした原理論をわが国で展開し続けた稀有な存在であるのは誰もが認めるところだろう。しかし、にもかかわらず、一般の読者がそれらの文章にまとめて接する機会は、意外なことにこれまでほとんどなかったのである。その意味で、本書がこのような形にまとめられ、刊行される意義は決して小さくないと言える。
劈頭を飾る「詩とはなにか」は、吉本氏の書いた詩論のなかでも、質量ともにもっとも重要度の高い、傑出した内容のものである。

詩とはなにか。それは、現実の社会で口に出せば全世界を凍らせるかもしれないほんとのことを、かくという行為で口に出すことである。こう答えれば、すくなくともわたしの詩の体験にとっては充分である。

（「詩とはなにか」本書十三頁）

この部分は、詩のなんたるかについて語られたものとしては、つとに有名な一節だ。詩とはなにかという問いかけに対しては、百人百様の答え方があるとしても、「口に出せば全世界を凍らせるかもしれないほんとのこと」を表出することだとしたこの考えは、しかし吉本氏個人に特別な資質や独創へと帰するだけでは、決して収束しきれない文学の本質をも表明している。
この「詩とはなにか」では、たとえば萩原朔太郎の、詩の本質とは「現在《ザイン》しないものへの憧憬である」という言葉を糸口にして「詩をかくというこころの状態」が考察されたり、またマルティン・ハイデッガーの「詩は歴史を担う根拠である」という断言を通して、詩の言葉の歴史的な基層へ探査の芽が伸びていったりと、つねにその記述は、みずからが主体的に詩を書く実作上の経験から発して、詩というものの普遍的な理論化へとすすむ志向性につらぬかれている。
特徴的なのは、吉本氏が折口信夫の信仰起源説などに依りながら、詩文学そのものの発生条件、つまりその起源を、現在の視点から繰りかえし問うていることだ。

吉本氏は、第一義的な詩の本質規定を、「意識の自発的な表出」という中心の軸から捉えようとしてきた。この姿勢は、吉本氏が詩を書きだした初期の頃から、少なくとも一九七〇年代の後半頃までは一貫してブレることがなく、この「詩とはなにか」においても、論理の脈絡はそのおなじ線上にしっかりと根を降ろしている。そこで詩の発生条件が「意識の自発的な表出」の面から徹底して探索されたことは、そこに二重の意味が込められてあると見なければならない。すなわち、詩そのものの起源を問いながら、その裏で問われていたのは、吉本氏自身が詩を書くことの発生的な根拠でもあったのだ。「意識の自発的な表出」の瞬間を、吉本氏が「自己が自己に憑いた感じ」だと形容するとき、そこには詩の発生期における宗教呪術的な忘我状態（神憑り状態）の普遍的なイメージがかならず二重映しになって見抜かれていたはずである。私たちが、凡百の詩の入門書からは決して受け取ることのない論理の、異様な奥行きと力強い思想性とをこの論考に覚える理由は、このように吉本氏自身がそこに込めた構想の計りがたい大きさのゆえなのだ。本書では、この他に「詩について」および「詩魂の起源」の二編が、こうした詩の発生論に連なる作品として収録されている。

ところで、私たちは吉本氏のもっともよく体系づけられた文学論としては、真っ先にあの『言語にとって美とはなにか』を思いうかべるだろう。実は、この「詩とはなにか」のみならず、「音韻と韻律——詩人論序説2」および「喩法論——詩人論序説3」は、この畢生の大作ときわめて密接かつ微妙な位置関係にある作品群なのである。

『言語にとって美とはなにか』は、一九六一年九月から一九六五年六月にかけて雑誌「試行」に掲載されたものだが、今回ここに収録の「詩人論序説2・3」は、それぞれ「現代詩手帖」の一九六〇年一月号と三月号に掲載をみた作品であり、「詩とはなにか」が同じく「詩学」の一九六一年七月号に発表されていることを考え合わせれば、これら一連の論考はほぼ同じ時期に、共通の関心のもとで相前後して書かれていることが判る。

一九六〇年代のごく早い時期に、こうした文学の純粋な原理論的作品が、吉本氏のその他の情勢論的な文章とはまったく別の位相のもとに書かれたことには、理由がある。この時期、花田清輝との長びく論争を引きずりながら、六〇年安保闘争敗北後の混迷する政治情況のなかで、吉本氏は、武井昭夫らとの戦後文学の評価に関する論争の、まさにその渦中に身を置いていた。この論争は、主に古典左翼的な「政治と文学」理論の破産をめぐって行なわれたもので、吉本氏は文学に対する政治の優位性論をことごとく否定する一方、文学の党派性においてなされるいかなる個人批判をも容認しないという強固な姿勢を一貫して崩さなかった。これら一連の論争の過程で、文学の政治からの自律性ということがいっそう重要なテーマ性を帯びて、吉本氏の眼前にたち現われることになった。そのとき吉本氏のなかでは必然的に、文学という機構への自立的な論拠というものがきわめて緊急な焦眉のものとして、希求されることになったと思われる。

さて、政治に従属しない文学の理論、すなわち純粋に言語の美に関する理論の構築にあたり、吉本氏は国内外のさまざまな哲学者や言語学者の成果を参照している。なかでも国語学者の時枝誠記の著作からえた着想は、その作業に決定的に重要な影響をおよぼしたと思われる。『言語にとって美とはなにか』の核心を構成する記述部分のひとつ「第Ⅲ章　韻律・撰択・転換・喩」に登場する「喩」の二重性、すなわち「**像的な喩**」と「**意味的な喩**」というふたつの中心概念を、吉本氏は国語学の分野に「言語過程説」として名高い時枝氏の「言語過程に於ける美的形式（一）」（「文学」一九三七年十一月　第五巻第十一号）の内容から、ほぼストレートに、幾分これを修正するかたちで摑み取ってきているからである。

本書には未収録だが、吉本氏は「言語の美学とは何か――時枝美論への一注意」（「理想」一九六〇年三月号）のなかで、明確にこう述べている。すなわち、「a具体的事物」→「b概念的把握」→「c音声的表出」→「d文学的記載」――時枝誠記のこのような言語過程の構造形式（＝直線型）において、「言語過程全体のなかに言語美学の成立条件をみようとする点で、画期的な意義をもつ」と高い評価をおきながらも、なおかつここにはふたつの問題点があると指摘したのだ。ひとつは「bにおいて概念的な把握は、意味概念と像概念との二重性において存在しなければならない」という点。もうひとつは「概念的な把握から表現にいたる過程は、二重性をもって行われ、したがってこれがたとえば、文字によって表現されるばあい、それは意味表現と像表現の二重性をもつにいたる」（傍点引用者）とされた点である。

私たちはこうした箇処に、まぎれもなく後に吉本氏の喩概念に結晶していく着想の、ごく萌芽の姿を確認することができる。そして、これと同様のことは、本書収録の「詩人論序説2・3」についても言えるのである。

「詩人論序説」は、「現代詩手帖」誌上に一九五九年十二月から一九六〇年十一月まで、断続的に計五回にわたって連載されたもので、本書では、詩の原理論というテーマに沿った内容の「2」と「3」のみが再録されている。（なお、「表現転移論 I——詩人論序説4」および「表現転移論 II——同5」は、同時期刊行の吉本氏の『詩学叙説』（思潮社刊）に収録されている）これまで「詩人論序説」は、その内容の一部が『言語にとって美とはなにか』の記述に重複する箇処があり、また書かれた時期も同書の執筆が開始される直前にあたっているため、一般にそれらは『言語にとって美とはなにか』への予備的な作業か草稿のようなものとして受け取られてきた。しかし、今回ここに収録するにあたりあらためてこれを読み直してみると、「詩人論序説」はそれだけでひとつの主張を持つ、まぎれもない批評作品であることが看取されたのである。

「音韻と韻律」においては、北村太郎や田村隆一の詩作品を例に引きながら、言葉における音声と文学表現の有機的な関係が、詳細に分析・評価されている。「音韻とは音声の表現としての面」を指し、また「韻律は、言語表現が意味と統一してもつ感覚的な側面」を指すという認識は、『言語にとって美とはなにか』における有名な規定——「言語の**音韻**はそのなかに自己表出以前の自己表出をはらんでいるように、言語の**韻律**は、指示表出以前の指示表出をはらんでいる」（「第I章 言語の本質」「3 音韻・韻律・品詞」）——に比較すれば、あきらかにその抽象度においては及ばないものの、吉本氏の原型的な発想の所在については、むしろより鮮明にそれを伝えてくれるのである。また鮎川信夫「橋上の人」を引用例として、現代詩が韻律の効果というものを必要とするのは、「概念としてある心象の世界を、概念的な言葉の重層化によって思想的意味をもたせようとするばあい」なのだ、という認識などは、現在においても依然としてその輝きを失っていない。

ところで私は、本書に収められた八編の文章のうち、一九六六年に発表された「なぜ書くか」という小論に、ずっと心を惹かれていた。それは、四十歳代になった頃の吉本氏が、自分はなぜものを書いているのかという自問に対してじつに虚心に応答した作品であり、おなじ言葉を扱う人間として言うなら、本当に自分を支えてくれるのは、じつはこういう文章なのである。

「なぜ書くか」——この問いかけは、これらの文章が書かれた当時も今も、詩を書く者にとっては決して手離すことのできない自問自答であるはずだ。この『詩とはなにか』全編をつらぬく吉本隆明の骨太な論理は、書くことの根拠がどんどん希薄化し、限りない相対化の波にさらされている今日的状況においてこそ、必ずや私たちに〝詩を書くこと〟の根源を指示しつづける鳴動たるを止めないだろう。

吉本隆明詩論ガイド――読書案内

「詩と科学の問題」　四九年「詩文化」（第八号、不二書房）に発表、六二年『擬制の終焉』（現代思潮社、絶版）、後に『全著作集5』（勁草書房、絶版）に収録。「詩作行為とは自然現象のやうに瞬間的に明滅する僕らの精神の状態を持続し恒久化しようとする希求に外ならない」「僕らに必要なことは……言葉の構造の曇りない解析を通して、人間存在の本質に思ひ到る道を行くことではあるまいか」と書かれ、詩人であると同時に科学徒でもあった著者の、後の思想家へとつながる萌芽が感じられる。戦後最初期の論考。

「ラムボオ若くはカール・マルクスの方法に就ての諸註」　四九年「詩文化」（第十三号）に発表、『擬制の終焉』、『全著作集5』に収録。「詩的思想とは正に意識の実在を、あたかも樹木があり建築があると同じ意味で確信する処にのみ成立するのである」とあり、詩についての考察が進められる。詩人ランボーと経済学者マルクスという二つの異色の才能が取り合わされ、詩と思想とが対比されるように論じられている。

「方法的思想の一問題――反ヴァレリイ論」　四九年「詩文化」（第十五号）に発表、『擬制の終焉』、『全著作集5』に収録。ヴァレリーの方法論に触れられ、著者の思想的な側面がここでも垣間見られる。『母型論』解説では、瀬尾育生氏によって文中の一節が引用され、「普遍文学」という重要な概念が現われている貴重な論考として、著者の包括的な文学の構想への結びつきが言及されている。

「現代詩における感性と現実の秩序――詩人Aへの手紙」　五〇年「大岡山文学」（第八十七号）に発表、六六年『自立の思想的拠点』（徳間書店、絶版）、後に『全著作集5』に収録。「現代詩が現代に生存する詩人の、感性による統応操作として在る限り、詩の表現形態と韻律に対応する感性の秩序を、現代の現実社会における人間精神の秩序と関連させることによって、また現実そのものの諸条件と照応させることによって論ずることが出来るように思われます」と問題意識が語られている。詩人への手紙という体裁をとりながら、感性と現実の関係を詩の立場から論じた戦後初期の詩論。

「前世代の詩人たち――壺井・岡本の評価について」　五五年「詩学」（詩学社）十一月号に発表、五九年『抒情の論理』（未来社）、後に『全著作集5』に収録。小田切秀雄、平野謙らの批評家たちとは立場を異にしながら、戦争下の文学（詩）が独自の視点で論じられている。壺井繁治、岡本潤らの戦争詩が取り上げられている。「わたしたちは、いつ庶民であることをやめて人民でありうるか」と続く文中の一節は詩論の枠を超えて有名となった。

「現代詩の問題」　五六年『講座現代詩　第一巻』（飯塚書店）に発表、『抒情の論理』、『全著作集5』に収録。現在『詩学叙説』（思潮社）で読むことができる。冒頭部分で「わたしの考えでは、「四季」の創刊は戦前の現代詩を論じようとする場合、重要な意味をもつものであった」と書かれ、「四季」派特有の抒情の性質が検討されるとともに、現代詩の特質を摑まえようとするモチーフが垣間見られる。後の「「四季」派の本質」へつながる問題意識をも感じさせる論考。

『高村光太郎』　五七年に飯塚書店より刊行。その後、春秋社より決定版、増補決定版が相次いで刊行。『全著作集8』に収録、現在は講談社文芸文庫で読むことができる。戦後直後に執筆された「高村光太郎ノート」が収められ、「思想や芸術の機能が、人間の生死にかかわりをもっている」という点から著者自らの高村光太郎の体験が掘り下げられている。北川太一氏はこの試みを「ここに現れた光太郎への愛惜と痛恨とは、自らの青春への愛惜と痛恨と重ねられて心を打つ」と説き、「自分の中にも骨がらみの問題として存在する庶民意識」を見据えながら、「僕ら自身の生き方に対する、仮借無い解析を始めようとしている」と説いている。

「日本近代詩の源流」 五七年「現代詩」（書肆パトリア）誌上に連載、『抒情の論理』、『全著作集5』に収録。現在『詩学叙説』で読むことができる。山田美妙と内田魯庵・森鷗外らの論争、北村透谷と山路愛山の論争、島崎藤村や与謝野鉄幹などの作品が取り上げられ、日本近代詩の試みが論じられている。「透谷、藤村と、鉄幹という、まったく対照的な思想的問題をはらんだ詩人たちを、一つの地点から貫通して否定的に克服できうる方法は、どこにありうるか」という問題意識が語られ、そこに通底する「おなじ一つの根」が模索されている。

「「四季」派の本質――三好達治を中心に」 五八年「文学」（岩波書店）四月号に発表、『抒情の論理』、『全著作集5』に収録。現在『詩学叙説』で読むことができる。「「四季」派の抒情詩の本質が、社会の支配的体制と、どんな対応関係にあったのか、かつて単なる便乗としかおもえなかった「四季」派の戦争詩は、かれらのどんな現実認識から生みだされたのか、等々の問題が、重要な課題のようにおもわれてくる」と語られ、「こういう問題の出し方が、あながち詩とは無縁のものだとはかんがえない」と語られている。さらに、「こういう問題が解けないかぎり、詩は恒久的に、その時々の社会秩序の動向を、無条件に承認したうえで成立する感性的な自慰にしかすぎない」として、詩論的位置づけも積極的に行われている。

「芸術的抵抗と挫折」 五八年『現代芸術V』（『講座現代芸術　第五巻　権力と芸術』勁草書房）に発表、五九年『芸術的抵抗と挫折』（未来社）、後に『全著作集4』に収録。現在『マチウ書試論・転向論』（講談社文芸文庫）で読むことができる。論考では「目的意識をもってなされた唯一の芸術的抵抗」としてプロレタリア文学運動が捉えられている。また、その挫折の本質は「封建的な部分を階級意識と強引に密通させるか、または、その封建的部分をそのままにして、近代的な部分を「前衛」的な視点に移行させて、絶対主義権力にたいして芸術的に対決した」点にあり、「ファシズム化するか、または、庶民的な情緒にまで後退せざるをえなかった」と問題の所在が提示されている。

「戦争中の現代詩――ある典型たち」　五九年「国文学解釈と鑑賞」（至文堂）七月特集増大号に発表、『全著作集5』に収録。現在『詩学叙説』で読むことができる。「「四季」派の本質」の問題意識が受け継がれながら、戦争詩という側面から現代詩の特質が検証されている。金子光晴や秋山清、津村信夫などが取り上げられ、詩とジャーナリズムという観点からの言及も行われている。

「現代詩のむつかしさ」　五九年九月「新刊ニュース」に発表、『全著作集5』に収録。本書に収められている。「現代詩は、むつかしいとごく普通の読み手がいう。また、おなじように批評家もしばしば、現代詩は難解であるといっている」と冒頭から書かれ、一般的には難しいとされることの多い現代詩の晦渋さが解きほぐされる内容になっている。著者による谷川雁の詩「商人」の鑑賞が盛り込まれるなど、短いながらも充実した論考となっている。

「詩人論序説」　五九年から「現代詩手帖」に連載、『全著作集5』に収録。5つのパートから成り、そのうちの「2」と「3」が本書に収録（「4」と「5」は『詩学叙説』に収録）。「音韻と韻律」「喩法論」「表現転移論」などの内容で構成されている。本書解説で添田馨氏が、一般に『言語にとって美とはなにか』の予備的作業とみなされてきたこの論考を「ひとつの主張を持つ、まぎれもない批評作品である」と述べているように、優れた表現論として構想されている。

「詩とはなにか」　六一年「詩学」七月号に発表、『全著作集5』に収録。本書に収められている。有名な「廃人の歌」の詩の一節「ぼくが真実を口にするとほとんど全世界を凍らせるだろうといふ

妄想によって　ぼくは廃人であるさうだ」が引き合いに出され、詩の体験の本質が、自らの原体験と普遍的な視点から語り起こされている。著者の論考のなかでは数少ない折口信夫への言及も行われている。

『言語にとって美とはなにか』　六一年から「試行」誌上に連載、六五年勁草書房より刊行。その後、いくつかの版で刊行されたが、現在、角川ソフィア文庫で読むことができる。著者の本質的な文学論・表現論として名高く、文学のみならず多方面に多大な影響を及ぼした著作。「韻律・撰択・転換・喩」「詩の発生」など、詩論としての要素も全体の構成の要を担っている。「序」や「あとがき」では著者自身によって著作に関する経緯が語られており、巻末にある川上春雄氏の解題や加藤典洋氏、芹沢俊介氏らによる解説によって、著作への様々な側面からの位置づけを知ることができる。

「近代精神の詩的展開」　六二年『近代文学鑑賞講座　第二十三巻　近代詩』(角川書店)に発表、『擬制の終焉』、『全著作集5』に収録、現在『詩学叙説』で読むことができる。「明治の詩人のうち、「近代的」ということにはじめてうたがいをさしはさんだのはおそらく啄木であった」と書かれ、主に啄木の詩業に触れながら、「近代的」なものへの考察が進められている。近代詩の展開が辿られつつ、同時に「近代的」なものについての検討も加えられている。

「なぜ書くか」　六六年『われらの文学22　江藤淳　吉本隆明』(講談社)に発表、『全著作集4』、『背景の記憶』(平凡社)に収録。本書に収められている。「わたしはなぜ文学に身を寄せてきたのだろうか?」という一文で始められ、「書く」ということへの著者の様々な思いが綴られている。本書解説では添田馨氏が「自分はなぜものを書いているのかという自問に対してじつに虚心に応答した作品」と指摘し、その魅力に触れている。

「新体詩まで」　六八年「季刊芸術」(季刊芸術出版)四月号に発表、七四年『詩的乾坤』(国文社)に収録。現在『詩学叙説』で読むことができる。タイトルにあるように、明治期の新体詩へとつながる江戸末期の詩について考察した論考。本文中で著者は、「江戸末期から明治へとうけわたされた詩は、漢詩・俳諧・和歌など詩形としては、多様であったが、その感性的な基盤をとりだせば俗謡の感性に包括することができる」と述べ、さらに西欧詩、散文の影響が取り上げられている。著者の論考のなかでも、江戸期の詩に触れた数少ない論考の一つ。

「修辞的な現在」 七八年『戦後詩史論』（大和書房）に収録。その後、「若い現代詩」を加えた増補版が刊行、現在、新装版（思潮社）で読むことができる。吉田文憲氏はこの論考を「「無人称の何か」という問いが、その後「現在という作者」を求める、吉本氏の持続的なより大きな仕事のキッカケになっている」と述べている。また、川本三郎氏は「単にひとつの詩論にとどまらない普遍性を持っている」と述べ、「詩の困難な時代」の到来を告げていると説く。その他にも、「わたくしたちが現にいる世界のむずかしさを徹底的かつ具体的に白日の下にさらしている」（北村太郎氏）、「戦後詩という言葉はあるが、戦後小説という言葉はない」（中村稔氏）とあるように、『戦後詩史論』全体を含め、戦後という時間の流れが詩の側から論じられている。

「喩法論」 「海燕」（福武書店）誌上に八二年から連載された「マス・イメージ論」のなかの論考。福武書店より『マス・イメージ論』として刊行、後に福武文庫に収録。『マス・イメージ論』は、「「現在」という巨きな作者」という概念が八〇年代を象徴するフレーズのように有名になった一冊。「喩法論」では、伊藤比呂美、井坂洋子、ねじめ正一らの詩人、また中島みゆき、RCサクセションといったポップミュージックの歌い手たちが取り上げられている。「全体的な喩」という概念が定義され、同時代の詩が論じられている。また、論考中の荒川洋治氏に対する「現代詩の暗喩の意味をかえた」という評言はつとに有名になった。同じく『マス・イメージ論』に収められた「詩語論」も重要な詩論。

『宮沢賢治』 八九年に筑摩書房より刊行、現在ちくま学芸文庫で読むことができる。あとがきのなかで著者は、宮沢賢治について「思春期から断続的に、関心をもちこたえてきた」と述べている。「手紙で書かれた自伝」「さまざまな視線」「喩法・段階・原型」「擬音論・造語論」などの構成からなり、賢治の詩業が総体的に摑まえられている。『ハイ・イメージ論』などへつながる着想も随所に見つけることができる。

「普遍喩論」 八五年から「海燕」誌上で連載された「ハイ・イメージ論」のなかの論考。九〇年、福武書店より刊行の『ハイ・イメージ論Ⅱ』に収録、現在ちくま学芸文庫で読むことができる。宮沢賢治の詩に当たりながら、その喩の特異な成り立ちが語られている。「修辞的にきめられた喩の概念をどこかで超えられたらといつでもねがってはいるのだ」とあるように、著者のそれまでの喩論をさらに推し進めようという意欲を感じさせる論考。

『母型論』 九一年から「マリ・クレール」（中央公論社）誌上で連載、九五年学研より刊行（のちに絶版）、現在は新装版（思潮社）で読むことができる。「序」において「言葉と、原宗教的な観念の働きと、その総体的な環境ともいえる共同の幻想とを、別々にわけて考察した以前のじぶんの系列を、どこかでひとつに結びつけて考察したいとかんがえていた」と述べられ、著者の三部作『言語にとって美とはなにか』『共同幻想論』『心的現象論』のモチーフを引き継いだ一冊であることが示唆されている。解説では瀬尾育生氏が「人間にとって超越的なものがもつ謎の中心にいすわりつづけた」言語の解析による「普遍文学」の構想であると著者の試みを位置づけている。

「詩学叙説正・続」 二〇〇一年「文學界」二月号に掲載された「詩学叙説」とその続編が「現代詩手帖」二〇〇四年二月号にあわせて掲載、『詩学叙説』に収録。正編では、「文芸のうえで西欧近代の特徴は何か」と問いが語られ、「近代詩にとって詩を詩たらしめるための最後の言語技術は、詩の〈意味〉にできるかぎり変更を加えないで散文に比較して〈価値〉を増殖させて、散文からの分離と飛躍を実現させることであった」と述べられている。続編ではさらに、蒲原有明、薄田泣菫、三木露風ら初期象徴詩人たちの試みについて触れられ、「〈イメージ〉の概念の奥に物象と対応するかどうかを問題にしない〈影〉（レプリカ）を想定できるとすれば、はじめて象徴詩の通性を想定することができる」として象徴詩の役割が意義づけられている。

＊その他、講演原稿をもとにした**「言葉の根源について」「詩魂の起源」「詩について」**があり、本書に収められている。**「言葉の根源について」**は、七〇年五月、桐朋学園土曜講座での講演をもとに、七一年「海」（中央公論社）一月号に発表、『知の岸辺へ』（弓立社）に収録。**「詩魂の起源」**は八六年、思潮社主催のシンポジウム「詩はどこへ行くか」での講演をもとに、八七年「現代詩手帖」一月号に発表、今回初収録。**「詩について」**は七七年七月、無限アカデミー現代詩講座での講演をもとに、七八年「無限ポエトリー」3号に発表、「枕詞の空間」として『言葉という思想』（弓立社）に収録。これらはいずれも講演をもとにして、語りかけるようなわかりやすさを活かした論考で、詩論として充実した内容を持っている。

（編集部　編）

詩の森文庫

C06

詩とはなにか
世界を凍らせる言葉

著者
吉本隆明

発行者
小田久郎

発行所
株式会社思潮社
162-0842 東京都新宿区市谷砂土原町3-15
電話03-3267-8153(営業)・8141(編集)
ファクス03-3267-8142

印刷所
三報社印刷

製本所
川島製本所

発行日
2006年3月1日　第1刷
2012年6月1日　第2刷

詩の森文庫

C01
際限のない詩魂
わが出会いの詩人たち

吉本隆明

近代から現代、戦後詩人たちをめぐる本書は、「著者の精神や考え方の原型」が端的に現れている「吉本隆明入門」だ。膨大に書かれた詩人論のエッセンスを抽出。解説=城戸朱理

C02
汝、尾をふらざるか
詩人とは何か

谷川雁

詩を書くことで精神の奥底に火を点じて行動した詩人革命家が遺した数多い散文の中から、「原点が存在する」ほか主な詩論、詩人論を採録した初の詩論集成。「谷川雁語録」併録。

C03
幻視の詩学
わたしのなかの詩と詩人

埴谷雄高

高度に形而上学的な思想小説『死霊』の作者は詩と抽象と難解の宇宙を終生抱えこんだ詩人でもあった。埴谷詩学を形成する東西の詩人論から現代詩人の論考を収録。解説=齋藤愼爾

C04
近代詩から現代詩へ
明治、大正、昭和の詩人

鮎川信夫

戦後詩の理論的主導者による、「近代詩から現代詩」を代表する49詩人と54の詩篇の鑑賞の書。「詩に何を求めるか」のまえに「詩とはどういうものだったか」を点検、実証してみせる。

C05
昭和詩史
運命共同体を読む

大岡信

一九三〇年代から敗戦直後までの昭和詩の展開と問題点をより詩史的に位置づけた画期的詩論集。通常の詩史の通念を超えて、より身近に現代詩を体感できる名著。解説=近藤洋太